Italo Svevo

Corto viaggio sentimentale

© 2023 Culturea Editions

Texte et illustration de couverture : © domaine public
Edition : Culturea (Hérault, 34)
Contact : infos@culturea.fr
Retrouvez notre catalogue sur http://culturea.fr
Imprimé en Allemagne par Books on Demand
Design typographique : Derek Murphy
Layout : Reedsy (https://reedsy.com/)

Dépôt légal : janvier 2023
Tous droits réservés pour tous pays

ISBN : 9791041845125

I. Stazione di Milano

Con dolce violenza il signor Aghios si staccò dalla moglie e a passo celere tentò di perdersi nella folla che s'addensava all'ingresso della stazione.

Bisognava abbreviare quegli addii ridicoli se prolungati fra due vecchi coniugi. Ci si trovava bensì in uno di quei posti ove tutti hanno fretta e non hanno il tempo di guardare il vicino neppure per riderne, ma il signor Aghios sentiva costituirsi nell'animo proprio il vicino che ride. Anzi lui stesso intero diveniva quel vicino. Che strano! Doveva fingere una tristezza che non sentiva, quando era pieno di gioia e di speranza e non vedeva l'ora di essere lasciato tranquillo a goderne. Perciò correva, per sottrarsi più presto alle simulazioni. Perché tante discussioni? Era vero ch'egli da molti anni non s'era staccato dalla moglie, ma un viaggio sino a casa sua, a Trieste, ove essa due settimane appresso l'avrebbe raggiunto, era cosa di cui non valeva la pena di parlare.

Se ne aveva parlato invece da molti giorni e continuamente. La decisione era stata difficilissima proprio perché ambedue l'avevano desiderata e ambedue per raggiungerla sicuramente avevano creduto necessario di tener celato il loro desiderio.

Avrebbe potuto piangere se si fosse trattato di un distacco per tutta la vita o almeno per gran parte di essa. Ma così poteva confessare a se stesso che s'allontanava giocondamente. Tanto più che sapeva di fare un piacere anche a lei.

Negli ultimi anni la signora Aghios s'era attaccata di un affetto appassionato ed esclusivo al figliuolo. Quando questi era lontano essa si sentiva sola anche accanto al marito e più sola ancora perché del suo dolore non parlava, sapendo che il signor Aghios ne avrebbe riso. Ma il signor Aghios sapeva di quel dolore, si offendeva di non poterlo lenire e fingeva d'ignorarlo per non seccarsi. "Una duplice costrizione!" pensava il signor Aghios che aveva letto qualche opera filosofica. "Duplice perché mia e sua! "

Adesso la signora Aghios voleva rimanere ancora a Milano per non lasciare solo il figliuolo che doveva passare un esame importante. Il signor Aghios non dava gran peso agli esami che si possono ripetere e sapeva anche che il figliuolo, cui il soggiorno a Milano non spiaceva, li avrebbe ripetuti volentieri. Ma adesso, se voleva partire solo, anche lui doveva insistere perché la madre restasse a tutelare il figliuolo in tanto frangente. Così la signora restava a Milano per compiacere il marito, ma il signor Aghios, che l'animo della signora aveva accuratamente spiato, partiva offeso, senza però dirlo, perché altrimenti avrebbe compromesso la sua libertà di viaggiare solo.

Era veramente un congedo che bisognava abbreviare, perché anche all'ultimo momento la signora Aghios era capace di mutare ogni disposizione quando avesse indovinato come stavano le cose. Era una donna che non ammetteva di non fare il proprio dovere. E il signor Aghios pensò che il lieve rancore che sentiva per la moglie, un sentimento sgradevolissimo, sarebbe sparito non appena si sarebbe trovato solo. Correndo fu già più giusto. La moglie prolungando quegli addii rivelava il suo rimorso di lasciarlo partire solo ed egli pensò: "Come è onesta! Non m'ama affatto, ma fino all'ultimo vuol tenere le promesse fatte all'altare. Si rammarica di non sapere fare quello che dovrebbe. Una grande pena per lei e una bella seccatura per me".

Ma perché il signor Aghios si sentiva tanto pieno di gioia e di speranza al momento di poter finalmente abbandonare la sua legittima consorte? Voleva forse andar a divertirsi e disonorare i suoi capelli quasi del tutto bianchi correndo dietro alle donne?

Oh! Non bisogna dire una cosa simile. Un vecchio intanto non sa correre e poi il signor Aghios non era corso dietro alle donne neppure quand'era giovine. Certo dalla sua gioia e speranza non bisognava escludere del tutto la donna. Era tanto piena quella gioia e speranza che la donna – la donna ideale, mancante magari di gambe e di bocca – non poteva esserne assente. Giaceva nell'ombra fusa con molti altri fantasmi, parte importante degli stessi. Ma la donna non è sempre la stessa nel desiderio. È vero che prima di tutto serve all'amore, ma talvolta la si desidera per proteggerla e salvarla. È un animale bello, ma anche debole, che se si può si accarezza e se non si può si accarezza ancora.

Il signor Aghios aveva bisogno di vita e perciò viaggiava solo. Si sentiva vecchio e ancora più vecchio accanto alla vecchia moglie e al giovine figliuolo. Quando aveva al braccio la moglie doveva rallentare il passo e quando camminava accanto al figliuolo sentiva che questi doveva rallentarlo. Lo circondavano di tutto il rispetto. Dacché era stato ammalato la moglie aveva conservato il fare dell'infermiera che aboliva ogni istinto di cavalleria da parte dell'uomo. Il figliuolo poi aveva tutto il rispetto per il padre, ma lo educava e lo correggeva quando egli, spinto dalla sua fervida fantasia, inventava etimologie non basate su alcuna scienza o spostava o svisava fatti storici, mentre il giovinetto, che pur tanto aveva stentato a finire il Liceo, ricordava il suo greco e latino che il signor Aghios mai aveva conosciuti e sapeva – come sua madre – esattamente quello che sapeva. E non è mica comodo di essere un padre che ha torto!

Ma non era tutto qui, benché fosse abbastanza importante per il signor Aghios di essere lasciato nei suoi vecchi anni interamente in pace, interamente cioè compresa la sua ignoranza, nella quale viveva da tanti anni da farne la base della vita.

Ogni malessere che sentiva il signor Aghios lo diceva vecchiaia, ma pensava che una parte di tale malessere gli venisse dalla famiglia. Sta bene che vecchio come ora non era mai stato, ma mai s'era sentito, oltre che vecchio, anche tanto ruggine. E la ruggine proveniva sicuramente dalla famiglia, l'ambiente chiuso ove c'è muffa e ruggine. Come non irrugginire in tanta monotonia? Vedeva ogni giorno le stesse facce, sentiva le stesse parole, era obbligato agli stessi riguardi e anche alle stesse finzioni, perché egli tuttavia accarezzava giornalmente sua moglie che certamente lo meritava. Persino la sicurezza di cui si gode in famiglia addormenta, irrigidisce e avvia alla paralisi.

Si sarebbe egli sentito più forte all'aria rude fuori della famiglia? Il breve viaggio sarebbe stato un esperimento, perché i suoi affari gli avrebbero fornito il pretesto ad altri viaggi. Certo non sperava di divenire tanto vivo come nel suo ultimo viaggio a Londra, ove aveva soggiornato varii mesi, vent'anni prima, senza la moglie ch'era stata allora una giovanissima madre.

Aveva sofferto allora orrendamente della solitudine. C'era stata da lui un'impazienza irosa della sfiducia e dell'indifferenza da cui si sentiva circondato. Guardava con invidia e desiderio la vita intensa che lo circondava e respingeva. Una volta, nella stanza di lettura dell'albergo, s'era messo a leggere solitario quando fu avvicinato da un bel ragazzo roseo, di dieci anni circa, che gl'indirizzò delle parole ch'egli non intese affatto, perché si capisce che l'inglese dei bambini è il più difficile. Il signor Aghios si commosse al trovare finalmente un amico. Gli parlò e parve anche che il fanciullo intendesse perché rispose con molte più parole di quelle avute. Disgraziatamente tutte in inglese! E per avvicinarsi a lui, visto che la parola non serviva, il signor Aghios gli accarezzò i biondi capelli. Ma allora apparve alla porta della sala un signore che parve indignato che il bambino suo avesse da fare con uno straniero: "Philip! Come along!" esclamò e il bambino subito s'allontanò, dopo di aver gettata un'occhiata spaventata sulla persona cui aveva dimostrato fiducia e da cui certamente poteva derivargli un pericolo, visto che con tanta premura da essa lo si allontanava.

E il dolore iracondo della solitudine danneggiò anche i suoi affari, perché il signor Aghios finì col considerare quali nemici tutti i suoi clienti. E ci fu anche di peggio, perché il sobrio virtuoso signor Aghios, per sentirsi più animato ricorse all'uso dell'assenzio, una bibita che sostituisce benissimo l'amicizia e la conversazione. Non ne prese troppo, ma abbastanza da procurargli dei disturbi nervosi che cessarono quando, rimpatriato, rientrò felice nella vita familiare che rese superfluo ogni altro stimolo da principio.

Ma il dolore ricordato non è sempre dolore. Ora egli vi sentiva la vita intensa. Oh! Se si avesse potuto ricreare tutta quell'impazienza e quel dolore! Quale innovamento di vita! La vita non può essere che sforzo, risentimento e attesa di gioia! Egli era circondato da troppi amici, che, se anche talvolta lo ferivano, non gli consentivano una vera ribellione. Aveva bisogno di vivere fra ignoti e magari nemici. Ricordava con ammirazione la sua ribellione alla Granbretagna. Aveva studiato questioni politiche ed economiche solo per poter aggredire il grande Impero, il quale aveva un'organizzazione quasi perfetta, ma non perfetta del tutto e non si sentiva capace del piccolo sforzo per arrivare alla perfezione. E il ritorno in Italia fu anch'esso un viaggio animato dalle più alte speranze. Fra l'altro bagaglio egli portava seco anche un piccolo pacchetto contenente un po' di terra raccolta a Londra nelle vicinanze di un terreno roccioso. Di quel pacchetto, che il signor Aghios teneva umido, nessuno sapeva fuori dell'agente del dazio a Chiasso, ch'era stato in procinto di fermare il viaggiatore e mandare all'analisi quella terra. Costui, pagato dal Governo, stava per impedire la fortuna d'Italia! Il signor Aghios sorrideva pieno di affetto al ricordare la propria grande ingenuità. Anche l'ingenuità è vita, anzi, il vero esordio fresco fragrante della vita. Bisogna sapere che al signor Aghios era stato raccontato che il Darwin riteneva che la roccia della Granbretagna fosse stata convertita in terra fertile da un vermicello microscopico. Bastò questo per fargli sperare di poter promuovere l'opera lenta dei vermicello anche nel proprio paese. Sparpagliò quella terra su certo terreno carsico in Italia, e si sentì elevato e animato. Non gl'importava che fosse ricordato il suo nome quando, di lì a qualche secolo, in Italia, a fior di terra non ci sarebbe più stata della roccia. A tanta altezza si arrivava nella solitudine! Adesso sorrideva di se stesso. Aveva vissuto troppo tempo in famiglia per poter intendere la propria passata grandezza. La famiglia era come un velo dietro al quale ci si riparava per vivere sicuri e dimentichi di tutto. Ora egli ne moriva pieno di speranza. Probabilmente era una prova che gli avrebbe procurato una delusione. E allora si sarebbe accontentato. Nulla ci sarebbe stato di perduto. Egli sarebbe ritornato dietro a quel velo per vivere nella penombra, protetto, sicuro, ma moribondo rassegnato. Proprio così! Come i moribondi che, abbacinati dalla meta vicina, non conoscono altro sforzo che di trattenere la vita che vuol staccarsi da loro, incapaci di vedere, sentire o salutare le altre cose, concentrati come sono nel lavoro divenuto difficile di respirare e digerire.

Mancava quasi un quarto d'ora alla partenza e il signor Aghios, rallentò il passo. Forse aveva dimostrata troppa fretta di staccarsi dalla moglie e gli doleva ch'essa avrebbe potuto risentirsene perché, certo, essa meritava tutto, anche riguardi.

Un piccolo fox terrier venne esitante ad annusargli i piedi. "Sei già qui, vecchio amico?" pensò il vecchio. Certo non era il primo cane ch'egli vedesse a Milano, ma era il primo che gli si accostasse dacché egli era solo. E lo guardò con affetto, mentre il cane arretrò – cercava certo il suo padrone – e poi saltellò via guardando ancora un'ultima volta chi l'aveva spaventato, le molli orecchie giovanili aderenti alla testa. Il vecchio gli guardò dietro ammirando. Il passo su quattro zampe è sempre più ingenuo di quello su due. Quello del piccolo giovine cane, che ora saltellava ora cercava, con quei movimenti non ancora bene associati delle quattro zampe, era l'ingenuità stessa. E il signor Aghios pensò col cuore pesante ai grandi pericoli che la bianca bestia correva. "Guardati dal canicida!" pensò.

Grandi amici del viaggiatore sono i cani. Persino in Inghilterra somigliano ai nostri e ci fanno ritrovare in essi un pezzo di patria. Non meglio educati dei nostri, curiosi come questi di tutte le porcherie sulla via, invadenti, rumorosi, obbedienti quando conobbero la frusta, affettuosi e sempre stupiti che chi li ama non accetti di lasciar passarsi la loro lingua sulla faccia. Parlano la stessa lingua. E l'Aghiòs nella solitudine li amò e spiò scoprendone il carattere e le sue cause.

Radicalmente differenti da noi, che guardiamo mentre essi annusano, è strano che fra noi e loro si sia costituita una relazione tanto intima, nostra grande fortuna, dal cane basata certo su un malinteso. Forse il gatto a noi s'accosta di più perché a noi meglio somiglia e meglio ci conosce. E il cane deve la sua sincerità al suo senso predominante, l'olfatto. Il suo modo di percepire gli fa credere che a questo mondo ogni tradimento sia subito scoperto perché egli non vede le superfici ingannevoli, egli analizza proprio l'anima delle cose, il loro odore. Può essere che anche il suo senso lo truffi o ch'egli spesso addenti degl'innocenti dall'odore sgradevole, ma egli non lo sa e se è impedito nel suo proposito s'adatta, ma ringhiando. Tante volte una legge superiore lo arresta e lo incatena e, senza convinzione, egli deve subirla; vi è abituato. Ma il proposito di tradire egli non può accogliere, pensando ch'egli col suo senso sarebbe capace di scoprirlo e tanto meglio dunque il suo padrone, che non sarebbe il suo padrone se non avesse dei sensi più perfetti dei suoi.

Mondo sincero perciò quello degli odori. Pare però che si allontani dalla realtà più di quello delle linee e dei colori. Il povero cane è sempre il truffato perché male informato. Tuttavia qualche dolore gli è risparmiato. In nessun posto egli 'e straniero. Il suo senso è essenzialmente socievole. Ogni incontro casuale si fa subito intimo e al naso vengono offerte per la verifica le parti più recondite. Rifiutarle è una vera sgarbatezza che provoca la reazione più violenta. Che vita più naturale che non la nostra! Nella vita più affollata di Londra un uomo è all'altro nient'altro che un impedimento a procedere. Come fare? Anche se il signor Aghios fosse stato accettato quale dittatore della vita di società, egli non avrebbe saputo imporre il sorriso reciproco di saluto fra sconosciuti. Esso, imposto, sarebbe divenuto una smorfia orrida e mai avrebbe potuto significare un sincero saluto di fratello. L'affetto è anch'esso una fatica; e nessuno vi si sottopone per regola; il vero riposo è l'indifferenza. Dai cani, diretti dagli odori, l'indifferenza di fronte alla vita non c'è mai. Non sono mai semplici indifferenti stranieri, ma sempre amici o nemici.

Un treno non è una cosa piccola, ma il signor Aghios nella vasta stazione non trovava il suo. Doveva pur esserci nella stazione, in qualche posto, l'indicazione necessaria per trovarlo, ma il signor Aghios non la vedeva. Di solito sua moglie lo dirigeva. Il signor Aghios fiutò inutilmente a destra e a sinistra. Vide un facchino che gli correva incontro. Era il fatto suo. Gli consegnò la piccola valigetta che tanto facilmente avrebbe potuto portare da solo e domandò del treno. Sentì il bisogno di scusarsi: "È leggera, ma mi pesa perché sono vecchio".

Aveva parlato al facchino per farselo amico. Già sentiva il bisogno degli amici occasionali che non attentano alla propria libertà. Il facchino, un uomo tozzo e svelto, sorrise e borbottò qualche cosa in meneghino, che il signor Aghios non intese. Buona che c'era stato il sorriso e il signor Aghios, con buona volontà e passo celere, seguì l'amico che, la valigetta in mano, lo precedeva correndo. Lo seguiva e già l'amava. Come era bella l'invenzione delle mance! Specialmente delle piccole, quelle che non dolgono. Perciò egli era piuttosto avaro, perché regalando molto in una volta, il piacere era breve e si restava poi paralizzati per lungo tempo. Sua moglie era più generosa e quando trovava un bisogno che non poteva essere lenito che con una somma grossa, essa la dava. Ma era un modo di disporre della roba altrui, perché agli altri bisognava poi dire: "Ho disposto già altrimenti di quanto vi spetta". Egli era veramente generoso solo talvolta, per volontà della moglie, com'era molte altre cose ancora quando essa lo voleva.

In viaggio bisognava conquistarsi degli amici, perché altrimenti si percorre questa terra ch'è la vera, la grande nostra patria, col cipiglio dello straniero. Ed il signor Aghios sfruttava le sue piccole mance da vero avaro e voleva con esse comperare non molta, ma un'amicizia duratura. Perciò cominciava col pagare un prezzo inferiore alla tariffa. Di solito l'altro non protestava, ma restava a guardare, interdetto, il poco denaro che teneva nella mano aperta. Allora appena il signor Aghios metteva in quella mano una moneta alla volta, finché essa si chiudeva e sulla faccia del facchino appariva un sorriso. Così quel sorriso, che aveva tardato a nascere, si stampava meglio nel ricordo del signor Aghios e gli appianava qualche miglio di strada. Talvolta, prima ch'egli arrivasse a dare tutta la mancia, il facchino si stancava e se ne andava con una brutta parola. Il signor Aghios se ne andava allora con la mancia in tasca, ma aveva avuto tuttavia la sua soddisfazione perché egli si divideva da un nemico bensì, ma non da uno straniero.

Bisognò scendere per uno scalone sotto terra e risalire, dopo aver percorso un corridoio, alla banchina sulla quale bisognava aspettare il treno non ancora giunto da Torino.

Il facchino domandò al signor Aghios se doveva aspettare con lui. Se non fosse stato necessario di parlare in meneghino il signor Aghios avrebbe trattenuto l'amico dell'ultima ora. Così invece lo congedò e restò nella solitudine allietata dall'ultimo suo sorriso di ringraziamento. S'erano guardati per un istante negli occhi quasi a dichiararsi la loro reciproca benevolenza. E il signor Aghios, per aumentare tale benevolenza, aggiunse alla mancia una sigaretta.

Molta gente aspettava sulla banchina. Accanto ad una colonna erano accatastati molti poveri bagagli, una sola valigia chiusa, due ceste legate, di cui una chiusa da un panno rosso e l'altra verde sbiadito. Una donna sedeva sulla valigia con un poppante in grembo e una fanciullina di dieci anni, ben difesa dal freddo da un vestitino consunto, dormiva su una cesta, la testa appoggiata sul fianco della madre.

“Sloggiano?” pensò il signor Aghios. Vide poi avvicinarsi un contadino che, mentre correva, esaminava dei biglietti ferroviari certo allora acquistati. La giovine donna ebbe un respiro vedendolo. Doveva aver sofferto di essere rimasta sola tanto a lungo. Quello non era un viaggio con tutta quella famiglia. Un'emigrazione, una fuga.

Poi il signor Aghios non guardò più la gente che lo circondava e s'incantò per qualche minuto a guardare il fumo che denso usciva dal camino di una locomotiva fuori della stazione. Il vento lo spingeva. Uscendo dal camino a nuclei, veniva subito diminuito e diffuso dal vento. Ogni nucleo, nell'atto che subiva tale distruzione, pareva si spogliasse e tradisse l'esistenza entro di lui di una testa, un grugno, un essere animato. E tale testa, prima di disfarsi, spalancava degli occhi smisurati per guardare meglio e per guardare meglio finiva con lo spalancarsi tutta. Una processione di teste spaventate e minacciose. “Poche linee di vita bastano a significare l'essenza della vita, la paura o minaccia” moralizzò il signor Aghios.

Il treno entrò sbuffando in stazione. In quell'istante il signor Aghios sentì la voce della moglie che lo chiamava: “Giacomo!”.

Si volse a lei e forse non seppe celare un gesto d'impazienza. Egli l'amava com'essa meritava, ma la sua assenza non era stata lunga abbastanza per fargli desiderare di rivederla. Proprio era bastato il suono della sua voce per strapparlo a quella lieta benevolenza ch'egli riversava su tutte e cose e persone. Eppoi gli portava essa forse l'annunzio che non poteva più viaggiare solo? Ma egli sarebbe partito tuttavia.

La signora dovette indovinare parte del suo stato d'animo perché, interdetta, gli domandò: “Ti secco tanto?” e fece l'atto di ritornare sui suoi passi. Fu un attimo brutto.

Questo poi no, il signor Aghios non l'avrebbe ammesso. Si poteva pensare a questo mondo quello che si voleva, ma non bisognava rivelare quel pensiero tanto bello e giusto finché restava celato nel proprio animo e tanto ingiurioso quando sbucava alla luce del sole. “Non ti avevo riconosciuta!” disse subito. E, presala per la mano, l'attirò a sé. Essa si sottrasse all'abbraccio, perché era tanto bene educata che non avrebbe ammesso una cosa simile in pubblico. Ma fu subito convinta, perché essa credeva al marito. Era una fede di cui il signor Aghios in passato era stato beato. Da qualche tempo lo seccava. Era proprio un modo di semplificare troppo la vita. Oramai anche questa fede aveva qualche cosa di gelido come tutta la loro relazione.

Sorridendo essa gli disse che non era per rivederlo un'altra volta che gli era corsa dietro, ma perché aveva dimenticato di dirgli che la signora Luisi lo pregava di avvertire il gioielliere di Venezia che essa tratteneva il filo di perle offertole e che il signor Luisi avrebbe provveduto fra pochi giorni al pagamento.

Poi, sempre sorridendo, gli domandò: – Ricordi ancora quello che hai nella tasca di petto? –.

L'Aghios portò subito la mano a quella tasca e, trovatala gonfia, ricordò: – Non dubitare! Ci penso sempre –.

Ma qui essa non gli credette, perché s'era accorta che per ricordare di aver seco una somma forte di denaro, egli aveva dovuto toccare quella tasca. E s'impensierì, per i denari e non per lui. – Ho fatto tanto male di lasciarti partire solo. – Si guardò irresoluta in giro. Poi sospirò, – Già! Ora non c'è più tempo.

Erano ambedue contenti che non ci fosse più tempo, ma il signor Aghios era anche adirato di sentirsi trattare quale un bambino. – Pensi forse ch'io perderò il denaro? – domandò risentito. – M'hai trovato distratto così perché proprio pensavo di fare un giro per Trieste per vedere se non potevo trovare il denaro più a buon mercato per la rinnovazione di parte del nostro debito. – E mentre parlava guardò ancora una volta il camino della lontana locomotiva donde continuava a sbucare del fumo denso. Non era che fumo informe ora, non teste, non minaccia, non spavento.

– È una leggerezza di viaggiare con tanto contante in tasca – disse ancora la signora con voce calda che domandava scusa.

Sì! Era una leggerezza. Dal giorno prima avevano deciso di comperare un vaglia, anche per rendere quella tasca più leggera. Ma lo aveva disturbato di andare con quel denaro alla banca e aveva rimandato quell'operazione fino a quel giorno stesso. Poi, sul più bello, erano venuti a trovare il figliuolo tre giovini che con lui studiavano. Il vecchio s'era incantato a star a sentire i loro piani per l'avvenire ora che avevano finiti gli studi. Egli non avrebbe aperto bocca per paura di sentirsi correggere da quei dotti, ma ricordava che all'uscita dalla scuola egli era stato più timido, esitante, pauroso. Uno di loro trovava la sua posizione già fatta, ma riteneva che il suo intervento avrebbe significato un progresso per l'azienda in cui doveva entrare. Il secondo, poi, che non trovava nulla di fatto dai suoi antenati, con tutta calma s'apprestava all'emigrazione. Gli spettavano tante cose che l'Italia non poteva fornirgli. Il terzo invece manifestava un grande disprezzo per la politica, ma pensava di dedicarvisi. Non aveva alcun partito ancora e aveva tempo di pensarci. Intanto sarebbe entrato in un ufficio governativo. E il vecchio non s'accontentava di pensare che il mondo non fosse più quello in cui era nato lui, ma s'incantava a studiare quale dei due mondi avesse avuto ragione. Non c'era verso! Uno dei due aveva sbagliato. Forse egli non sapeva meglio, ma in sua gioventù gli avevano spiegato che sulla terra non ci fosse gioia abbastanza per contentare tutti ed egli l'aveva creduto e, uscito dalla scuola, timidamente aveva bussato alla porta del mondo per domandare: – C'è un posticino anche per me? Potrò conquistarlo? –. Questo era il mondo d'allora, quando a questo mondo si era in meno. Che dopo il mondo si sia allungato e allargato? E il vecchio era stato tenuto al suo posto e impedito di andar a comperare il vaglia dal rancore di essere nato in un mondo più difficile.

– Già, adesso non c'è più tempo. Sta sicura che per il denaro non c'è pensiero. Addio! – e le offerse il bacio dell'addio. Essa si lasciò baciare sulla guancia e lo baciò poi anche lei sulla guancia. Egli si guardò d'intorno cercando di trovare un altro segno d'affetto da darle. Trovò! Le prese la destra e la portò alle labbra. Era lietissimo di aver trovato. La solitudine a cui s'avviava sarebbe stata abbellita da tale congedo.

Egli s'accinse di montare sul vagone dimenticando di prendere la valigetta che il facchino aveva deposta in terra. Essa la sollevò e gliela porse ridendo molto. Per scusarsi il signor Aghios mormorò: – È il facchino che l'ha lasciata lì. Non trovavo il treno...

La signora Aghios rise ancora: – E come arriverai a Trieste senza il facchino?

Era destino! Dovevano dividersi in broncio. Il signor Aghios di malavoglia rispose: – Il difficile è di trovare il treno. Poi non lo guido mica io.

E la signora, sempre ridendo insistentemente: – Per fortuna – disse.

Non c'era più il tempo di pensare ad una risposta. Avrebbe subito potuto dire che neppure lei avrebbe saputo dirigere il treno, poi che non era tanto difficile perché c'erano le rotaie e infine che la valigetta non conteneva niente d'importante, ma non disse niente. Era meglio sorriderle ancora una volta e andare via in pace. Ma il rancore c'era nell'animo suo ed era male. Saltò esitante nel vagone. Nel corridoio del vagone era difficile di muoversi, ma con decisione giovanile il signor Aghios con la valigetta in mano si fece posto ed arrivò alla prossima finestra che aperse. Il treno in quel momento si mise in moto.

Il signor Aghios chiamò la moglie che aveva continuato a guardare la porta per la quale egli era sparito. Essa corrispose vivamente al suo saluto. La banchina era ormai deserta. Egli per un istante stornò gli occhi dalla moglie per guardare il posto ove era giaciuto il bagaglio dei contadini. Quel bagaglio era sparito e chissà che fatica per farlo entrare nel vagone. Poi ritornò con l'occhio alla moglie che aveva levato di tasca il fazzoletto e gli faceva dei vivi segni di saluto. Corrispose al suo saluto mandandole un bacio. La fine elegante figura della moglie che da vicino si scorgeva un po' disseccata dall'età, ora, come il movimento del treno aumentava la distanza fra di loro, gli appariva veramente graziosa con quel velo roseo che, puntato sul cappello, si muoveva nella brezza. E, avviandosi alla sua solitudine, guardando quella figura snella, volle avere il pensiero preciso e sincero e pensò: “Più m'allontano da lei e più l'amo”. Poi si sentì la coscienza tranquilla. Per il momento, insomma, egli si trovava in ordine con la legge umana e divina, perché egli, sinceramente, amava la propria donna.

Per vederla più a lungo si sporse dalla finestra. Vedeva bene? La moglie portava la mano al cuore con gesto esagerato. Non era possibile ch'essa, una persona tanto equilibrata, volesse far vedere a degli estranei un dolore esagerato perché la lasciava sola. Eppure pareva che quel grande gesto fosse accompagnato da grida.

Poi, quando non la vide più, indovinò. Con quel gesto essa aveva voluto fargli un'ultima raccomandazione di badare ai denari che aveva nella tasca del petto. Meno male! Sorrise e, obbediente, per attenuare il rimorso che sentiva di amare la moglie più che mai ora che non la vedeva affatto, si toccò con grande energia la tasca del petto. Il portafogli, gonfio delle trenta banconote da mille, c'era tuttavia.

II. Milano – Verona

Ora bisognava tentare di procurarsi un posto. Intanto non era facile al vecchio signore di muoversi in quel corridoio mentre il treno filava a tutta velocità, sobbalzava e percorreva certe curve in modo da far sentire al corpo un'irresistibile attrazione ora da una parte ora dall'altra. Deciso il signor

Aghios si diresse al prossimo compartimento domandando scusa a destra e sinistra. E subito ebbe la prima avventura amorosa. Una graziosa giovinetta si fece in disparte, fin dove la parete lo permetteva, per fargli posto e il signor Aghios la guardò con un sorriso che volle paterno, pensando però che non sarebbe stato male se lo scompiglio in quel breve spazio l'avesse gettato su lei. Ma il movimento del treno, quasi a farlo apposta, lo inchiodò sulla parete di faccia. Continuò a sorridere alla signorina che lo guardava ansiosa con grandi occhi azzurri temendo di vedersi capitare addosso il grosso uomo malsicuro. Egli dovette procedere e allontanarsi sorridendo alle cieche forze fisiche che s'erano messe al servizio della morale. Altre volte altrettanto ciecamente avevano promosso il piacere degli uomini, come in quell'antica storiella dei due amanti chiusi da una valanga in una grotta provvista di alimenti. La sorpresa in primavera di trovare in quella grotta tre anziché due esseri viventi. Impossibile! Le cose per maturarsi hanno bisogno di nove mesi.

Arrivò al compartimento cui aveva mirato, ma i posti vi erano occupati ad esuberanza. Anzi, da una parte, sedevano addirittura in cinque. Fra quei cinque una donna elegante ma non bella, con uno di quei cappelli che coprono la fronte e anche una parte degli occhi. Essa s'era un po' stesa: Le sue gambe calzate di seta, i piedini piccolissimi in scarpine nere di lacca. Il signor Aghios, che per sfuggire alla ressa del corridoio s'era messo in mezzo allo scompartimento arrivando a tenersi alla stanga di ferro che sosteneva la rete dei bagagli, non fissò troppo la signora, perché dovette provvedere a tenersi in piedi. Ma il suo disturbo non gl'impedì di pensare che quei cappelli che coprivano la testa, la fronte e gli occhi delle donne erano seccanti. La moda era fatta dalla maggioranza e perciò bisognava ritenere che la massima parte delle donne avesse le gambe fatte bene e male la testa. Poi il movimento del treno lo fece volgere alla signora e s'accorse ch'essa aveva accondisceso al suo desiderio non manifestato e che s'era levata il cappello che le giaceva ora in grembo. No! La sua faccia non era bella, ma doveva esserlo stata. Una faccia ch'era stata alterata e consumata dalla vita, ridotta a linee rigide, prodotte da un duro scalpello, che la rendevano lunga. I capelli bruni, ricci ad arte, le coprivano gli orecchi. Ma il piedino era grazioso, più piccolo della piccola scarpina di lacca.

Un giovinetto (il quinto su quel sedile) si alzò e offerse il suo posto al vecchio. – Grazie! Grazie! Ma perché? – disse il signor Aghios. – Posso rimanere qui.

– Io vado in corridoio – disse il giovinetto. Non ebbe un sorriso di benevolenza pel vecchio cui usava tanta cortesia. E uscì pestando il piede alla signora che non l'aveva ritirato in tempo.

Il signor Aghios s'assise sul breve spazio che gli era stato lasciato libero accanto alla finestra. Peccato che il giovinetto (lungo, bruno, rude) non aveva accompagnato il suo dono di una parola gentile. Sarebbe stato tale un bell'esordio al viaggio! Tuttavia non bisognava lagnarsi, perché il viaggio in piedi non sarebbe stato adatto alle sue vecchie membra.

Per non disturbare il vicino ch'egli non aveva neppure veduto, il signor Aghios restò per qualche tempo nella stessa posizione in cui sul suo posto era caduto, la faccia verso la finestra.

Dapprima pensò alla vita in quella vettura e a quel giovinetto burbero benefico. Ecco! In certe posizioni è difficile di conservare la benevolenza. Persino ora che stava tanto meglio egli sentiva una certa antipatia per il suo vicino che lo costringeva d'aderire alla finestra. Era proprio un momento in cui si sente che l'uomo con la sua pancia, le larghe spalle e i duri gomiti è una bestia odiosa per il prossimo. È una crudele lotta quella per lo spazio. L'Aghios non volle perdere la sua gioia e relegò la sua benevolenza in un sogno perché non tutta andasse distrutta. Il treno futuro, che avrebbe trasportata un'umanità più evoluta, sarebbe stato allungabile come sarebbe stato di bisogno e senza per questo aver bisogno di arrestarlo. Ogni vagone avrebbe comportato delle enormi possibilità. Si tocca un bottone ed i posti si moltiplicano. E così le Ferrovie dello Stato creerebbero dei cavalieri, anziché come ora dei villani e non ci sarebbe stato bisogno di accettare sorridendo un posto offerto villanamente.

Col naso sui vetri il signor Aghios non poté finalmente fare a meno di vedere la campagna enorme che correva via. Il raccolto era finito. I covoni di fieno s'ergevano colossali, la provvista per tutto l'anno per gli animali della cucina tanto semplice. I campi erano oziosi in aspettativa di essere incaricati del nuovo lavoro. E il signor Aghios pensò ch'egli arrivava proprio in tempo coi suoi augurii per procurare un buon raccolto. Ora cominciava a decidersi la sorte dell'anno prossimo. Occorreva subito una lunga pioggia, che poi cessi, dopo di aver ammorbidita la terra e resa disposta al lavoro. Doveva essere preparata a puntino: Né troppo dura, né troppo tenera. E gli augurii del signor Aghios piovevano abbondanti, mentre correva accanto a quei campi a sessanta chilometri all'ora e una volta con grande sforzo si volse non per vedere il piedino di quella signora che ancora doveva trovarsi per aria, ma per inviare gli augurii anche dall'altra parte della ferrovia: – Producete, producete in grande abbondanza, perché chi vi lavora abbia il suo premio –. Esitò poi. Ricordò la faccia triste di quel contadino che l'anno precedente gli aveva detto: – Abbiamo il vino triste quest'anno, perché ve n'è di troppo –. Ma che importa? Augurare bisogna a questo mondo. Nessuno può togliere all'uomo tale diritto il cui esercizio allarga polmoni e cuore. È vero che l'augurio finisce col ricordare l'ironia di chi, allontanandosi da un tavolo di gioco, augura la buona fortuna a tutti coloro che vi restano assisi, solo che a questo mondo l'evidenza non è tale e si può sempre credere che un grande sforzo della terra benefica debba produrre del bene.

Si raddrizzò e vide il piedino per aria. Essa era la terza persona seduta dalla sua parte e direttamente non poteva scorgerne la faccia, ma s'accorse che ora poteva scorgerla riflessa in modo curioso da una lastra che copriva la fotografia. Come era bella! Completato o sminuito il deperimento suo dai riflessi del tramonto o fors'anche da qualche linea della fotografia che la lastra copriva, quella faccia era tutta pensiero e bellezza. Ricordava qualche ritratto celebre, ma il signor Aghios, che ne aveva visti tanti, non sapeva precisare quale. Era in fondo solo un ritratto e neppure molto somigliante, ma il signor Aghios era felice di viaggiare con esso.

Nel breve tempo dacché aveva abbandonato la moglie, questo era il secondo suo desiderio, cioè il secondo tradimento e anche il secondo peccato. Ogni ammirazione per una donna è un desiderio. Le si attribuisce intelligenza o dolore per rendere più saporite quelle labbra che si vorrebbero baciare. Il peccato non gli pesava troppo. Quando si sta per arrivare ai sessant'anni – almeno il signor Aghios aveva per conto proprio tale esperienza e nella sua solitudine amava di generalizzare – si sa che il proprio organismo non è fatto per le grandi resistenze. Lo stesso fatto che anche se il peccato fosse dichiarato lecito, si peccherebbe ora meno sovente che in epoche anteriori, prova che tutto dipendeva da quello che si può e si deve. E il signor Aghios assurse anzi ad un pensiero altamente filosofico: Se il signor Iddio ci avesse fatti proprio allo scopo di vederci agire proprio come lui vuole, non ci sarebbe stato scopo alla creazione. Egli ci fece, eppoi stette a guardarci con curiosità e mai con ira. Perciò il signor Aghios desiderava le donne degli altri, senza averne rimorso.

Si vantava invece che, ad onta di tale desiderio, egli mai aveva tradito la moglie. Com'era stato bravo, essendo fatto così, di non averla effettivamente tradita. In questo momento in cui dalla famiglia si divideva con qualche rancore, ammetteva anche d'essere stato sciocco. Ma però la donna – il signor Aghios lo sapeva – non è mai a buon mercato. Vuole i denari, il cuore, la vita. Invece non costava nulla di guardarla e desiderarla e questo, certamente, era troppo a buon mercato. Perché la donna, quand'è bella, dà subito molto e in primo luogo il sentimento dell'umanità allo straniero e a tutti. Altro che il saluto scimmiesco fra sconosciuti! Bisogna trovarsi per vari mesi isolato in un paese ove si parla una lingua incomprensibile, evitati dal prossimo solo perché non vi conosce e vi sospetta perciò capace di furti e omicidii, e scoprire ad un tratto l'intimo vostro nesso con tutti costoro, la vostra appartenenza a quel paese, il vostro innato diritto di cittadinanza nello stesso alla vista di un occhio luminoso, di un piedino nervoso, di una capigliatura dal colore e dall'assetto sorprendente. Più giovine allora, la prima sua occhiata era stata un vero proprio inizio di una relazione sociale. Un inizio entusiastico: Era come se fosse entrato nella casa di un intimissimo amico, addobbata per farvi onore, con tanto di benvenuto stampato sulla porta. Con quell'occhiata il signor Aghios diceva: – Ti conosco perché sei bella – . E l'inglesina rispondeva in lingua intelligibilissima. cioè con un'occhiata. – Come sei amabile tu cui piaccio tanto. Più amabile di colui cui diedi tutto e che non sa più che farsene. – Dopo un discorso simile il signor Aghios non aveva più bisogno dell'assenzio, perché gli pareva di trovarsi nella patria ideale dove tutti s'intendono e s'amano.

Era anzi comodo che l'inglesina non sapesse altro linguaggio. Secondo il signor Aghios di allora, quand'era più giovine e perciò più virtuoso, questa era una grande comodità. Perché se alle occhiate fosse seguita la parola, si sarebbe corso il pericolo di trovarsi trasportato di colpo da quella patria ideale al bosco più pericoloso.

Egli credeva così di essere rimasto sempre un monogamo virtuoso che poteva sopportare lo sguardo sincero della moglie. Essa non c'entrava nel suo mondo ideale. Il reale era tutto suo. Tutto era nettamente diviso, perché nei suoi sogni essa non entrò giammai e adesso, in viaggio, meno che mai, perché il signor Aghios volava come se il treno si fosse mutato in un aeroplano. Una sola volta a lei pensò: "Poverina! Speriamo che a quest'ora neppure lei a me pensi".

Oltre alla donna c'erano in quel compartimento sette uomini e finora il signor Aghios non li aveva visti. Del suo vicino dovette accorgersi. Era un giovanotto pallido che si sarebbe potuto credere uscisse da una malattia, perché tradiva la sofferenza mentre il suo organismo aveva le linee di quello di un uomo forte, agile, sano. Lo spazio non gli bastava. Stendeva ora una gamba, ora l'altra sotto il sedile occupato da un grosso signore che gli stava di faccia e che guardava traverso gli occhiali con una calma serena, deciso a non fermare quelle gambe finché non l'avessero urtato. Avanzavano come se volessero finire su lui in un calcio, eppoi passavano nello spazio fra le sue due grosse gambe senza neppure sfiorarle. E il grosso uomo (il signor Aghios lo guardò ora soltanto) aveva degli occhiali dalle lenti di uno spessore sorprendente. La luce vi si frangeva e mandava sulle sue palpebre una macchia azzurra luminosa che dava alla sua faccia l'aspetto del Mefistofele del teatro lirico. E fra quell'uomo tranquillo che aspettava il calcio per protestare e l'altro, inquieto e sofferente, le simpatie del signor Aghios andarono intere al malato. Il movimento è il sollievo del corpo dolorante; si sposta come se al dolore volesse fuggire. Ora il giovinotto cercò di muoversi in altra direzione, forse perché da quella parte sentiva la minaccia di quei grossi occhiali e del loro riverbero. Guardò dietro di sé il soffice cuscino su cui avrebbe voluto poggiare la testa, ma cui non poteva giungere proprio causa le grosse spalle del signor Aghios. E il signor Aghios intese quel desiderio come se gli fosse stato detto e si strinse e volse in modo che quel capo stanco potesse arrivare al cuscino. Poi: – Guardi, guardi – disse con slancio, – mi metterò così! – Si gettò con la faccia verso la finestra e mise anche il petto parallelo alla stessa. L'altro, pronto, dopo di aver mormorato un fervido grazie, lasciò cadere la testa sul cuscino. Poco dopo la rimise sulle mani, le braccia poggiate sulle ginocchia. Ma il signor Aghios, col naso sulla lastra, non lo vedeva più, perché ogni suo atto gentile rendeva più vivo il suo pensiero sul lieto viaggio, come se la locomotiva si fosse messa a correre più dolce e più forte.

Ma pure questo pensiero non era abbastanza libero, perché egli continuava a discutere la propria libertà di amare le donne degli altri. Con chi? Non con la moglie, che nei suoi sogni mai apriva bocca, ma con quell'essere non precisabile, ma che pur deve esserci in qualche luogo, nell'etere forse che si suppone sia dappertutto, che sovraintende alla legge morale.

Oggidì era acquisito dalla scienza che le giovani e belle donne erano più necessarie ai vecchi che ai giovani. Naturalmente, oltre che la sorpassata legge morale, perché a questa necessità sia corrisposto, c'era l'ostacolo che anche alle giovani e belle donne era concessa la libertà di disporre di sé. Forse contro ogni giustizia, perché per la loro giovinezza e per la loro bellezza esse alla libertà non sono preparate. Oggetti troppo preziosi, venivano distribuiti anche più ingiustamente dell'oro stesso. Si conquistavano anche con un paio di mustacchi bene impomatati. Ai vecchi non si concedevano che in casi rarissimi: Gerontomania. Ma se si confermava quello che Woronoff e Stirnach asserivano? Meglio di loro, sarebbe servita a ridestare nei vecchi organismi la memoria, l'attività, la vita, una bellissima fanciulla o, più precisamente, una bellissima fanciulla alla settimana. Già i vecchi ebrei pensavano così e per tenere in vita re Davide, gli offersero una bella fanciulla. Ma egli non volle toccarla e dovette miseramente perire.

Volle essere giusto e non appena pensò alla giustizia, il suo pensiero corse alla propria moglie. Anch'essa con la faccia tuttora fresca, l'aspetto incantevole come sulla banchina a Milano con quel nastro rosso che si moveva alla brezza vespertina, poteva dare a qualcun altro (non a lui) un po' di vita e riceverne. Invece essa invecchiava peggio di lui, perché essa poi mancava del suo libero pensiero. Poverina! Non era però suo l'ufficio di darle tale pensiero. In passato egli invece aveva fatto del suo meglio per toglierglielo. Anzi, appena sposati, la sua morale era stata dura e imperiosa. Che rimorso! Non bisogna mai sgridare nessuno, perché poi ci si pente. L'altro resiste ed è male. Cede o si foggia secondo il nostro imperioso volere ed è peggio ancora. Ma se invece in lei tale pensiero fosse ora altrettanto libero che da lui? Poteva essere che, come essa non l'indovinava in lui, così lui non lo scoprisse da lei. Sarebbe forse anche lui apparso a lei miserevolmente credulo e perciò gelido, inerte? Se egli avesse potuto istruire suo figlio ossia se suo figlio da lui avesse accettato qualche istruzione, egli, al momento in cui avesse preso moglie, gli avrebbe raccomandato: – Non istruire troppo tua moglie e non foggiarla a modo tuo, perché può avvenire ti riesca.

Suo figlio l'avrebbe guardato con quel suo aspetto glaciale che poteva anche manifestare un rispetto e avrebbe pensato: "Presuntuosi questi vecchi. Credono tutti fatti come loro e a tutti raccomandano i purganti che fanno per loro". Aveva già detto così una volta ed il male era che allora aveva avuto ragione. Allora e poi mai più, ma il vecchio aveva ragione di credere che la frase venisse ripetuta molto di spesso.

Ricadeva nel rancore! Non apparteneva a quel treno ed egli respinse i fantasmi della moglie e del figlio. Egli voleva fare la vita sua, cioè il suo viaggio.

Il treno si fermò ad una stazione non importante, di cui l'edificio doveva trovarsi dall'altra parte. Dalla parte sua, nell'erba, c'era una quantità di polli che continuavano a razzolare senza quasi accorgersi del treno che in questo momento s'era fermato accanto alla loro casa. "Come sono saggi costoro!" pensò il signor Aghios. "Questo treno a ore fisse appartiene alla loro vita. Penseranno sia sempre lo stesso." Poi ricordò che neppure fra uomini ci si intendeva, se non ci si spiegava, com'era da lui e sua moglie, con quel pensiero libero e superbo, ma segreto che com'era da lui poteva essere anche da lei e, con grande piacere, si dedicò a studiare quello che i polli potevano pensare della loro relazione con l'uomo. Gli pareva che uno dei polli dall'erba gli gridasse: – Guai a noi se l'uomo non ci fosse –. E il pollo doveva essere certo della benevolenza del padrone, che gli procurava il buon becchime, che, quando ne era sgozzato, se ne andava da questo mondo con la convinzione che l'uomo suo amico doveva essere ammattito.

Ora s'accorse di stare più comodo. In quella piccola stazione il loro compartimento s'era addirittura vuotato e non vi restavano che in quattro. V'era sempre ancora il forte giovanotto pallido, che aveva approfittato di conciarsi nel cantuccio più lontano dal signor Aghios e sdraiarvisi allungando le gambe. Di faccia a costui c'era un signore che s'era procurato un giornale in cui ficcava il naso in modo che il signor Aghios non poteva vederlo in faccia. Proprio di fronte al signor Aghios era rimasto anche il grosso signore dagli occhiali di tante diottrie.

Mancava l'unica signora che c'era stata. Anch'essa era scesa a popolare la piccola stazione. Senza quel piedino che s'era tenuto alto in quell'adunanza, i quattro uomini rimasti avevano perduto ogni contatto fra di loro. Erano divenuti dei veri stranieri scialbi e muti.

Il signor Aghios per un istante guardò il suo *vis–à–vis*. Scoperse poi che anche dietro di costui c'era una lastra che copriva una fotografia e nella quale egli scorgeva la propria testa, chiara come in uno specchio. Si analizzò accuratamente. Irrimediabilmente vecchio con quella fronte troppo alta ed i mustacchi non curati, un po' troppo gonfi. I mustacchi erano la prerogativa degli animali che s'annidano nel buchi (così aveva detto quella canaglia di suo figlio); devono servire ad avvisarli quando il buco si restringe e arrestarli dal pericolo di strangolarsi. – Ho io l'aspetto di bestia? – si domandò il signor Aghios esaminando le proprie fattezze. E lui e la sua immagine si guardarono sospettosi. Questi, sì, ch'erano rapporti semplici! Era l'unico caso in cui guardando una fisonomia si sa con piena certezza quello ch'essa esprima. Eppure quella fisonomia conservava il suo aspetto di bestia mustacciata, avvilita allo scorgersi meno bella, mentre era vero che il signor Aghios si sentiva gonfiare il petto dalla superbia di aver scoperto in quel momento quale fosse l'unico rapporto intimo in tutta la grande vasta natura. Solamente dubitava! Anche quello mancava? E corrugò tutta la propria faccia: Un gesto di disprezzo alla propria fisonomia che gli fu prontamente restituito.

Il signore grosso lo guardava, anche lui diffidente, con gli occhi ingranditi dalla lente. – Io credo – disse levando il fazzoletto di tasca – d'essermi imbrattata la faccia con l'inchiostro della macchina da scrivere. – E arrossì. Doveva essere un timido.

– Oh! no! – esclamò confuso il vecchio, che guardò la macchia bluastra dagli occhiali sotto gli occhi del suo interlocutore – Io guardavo me stesso in quella lastra. Ho uno strano aspetto io, in viaggio. – E guardando meglio le guancie accuratamente rasate del grosso uomo, offuscate dal pelo denso della barba, aggiunse mentendo: – Non v'è traccia di macchie sulla sua faccia –.

Mentiva. Bastava indirizzarsi fra uomini una sola parola per correre il rischio di dover dire una menzogna. Si era nella verità fra sconosciuti soltanto. La macchia bluastra, non raggiungibile dal fazzoletto, perché vagante secondo le rifrazioni della luce, c'era su quella faccia, ma non bisognava parlarne. Perciò anche in viaggio si perdeva la propria libertà. Come di tutte le cose, anche del viaggio la parte più bella era l'inizio. Partendo si correva via immediatamente liberi dal groviglio di affari e affarucci che gremivano la vita. Per un istante si respirava liberi. Non si serviva da puntello a nessuno e nessuno più vi puntellava. Ma però con la prima parola gentile non meritata (la macchia su quella faccia c'era!) avveniva la ricostruzione del puntello che impacciava i movimenti. Si dava e si domandava l'appoggio. – Nessuno mi dirà ch'io abbia parlato così per far piacere a quel coso grosso. Parlai così perché sto meglio se dico cose gentili.

Il coso grosso disse anche lui una cosa gentile: – Io non so perché ella dica di avere un aspetto strano. Non vedo in verità. Davvero non vedo! –. Scandiva con pedanteria le sillabe. Era un altro puntello che si cacciava sotto la spalla del signor Aghios. Però aveva sofferto quando la buona creanza l'aveva obbligato di costruire lui l'appoggio all'altro dicendo una menzogna. Ora invece si sentiva sollevato dalla gentilezza che riceveva. Rientrava con un sospiro di sollievo nel consorzio umano, non accorgendosi che anche quel puntello poggiava su una menzogna di cui non sentiva dolore, non avendo potuto inventarla lui. Eppure avrebbe dovuto ricordare che poco prima la propria faccia gli era apparsa strana, anzi, bestiale, con quei mustacchi grossi.

Ringraziò e avrebbe volentieri attaccato conversazione con chi gli aveva regalato un complimento. Ma non trovò l'argomento. Le prime parole che avevano scambiate vertevano su una parte del loro corpo. Continuando così si correva il rischio di somigliare ai cani.

Il signor Aghios guardò con desiderio verso il corridoio ch'era tuttavia affollato e ove si fumava, ciarlava e rideva. Avrebbe scommesso che la sua bella fanciulla dagli occhi azzurri c'era sempre ancora; altrimenti non ci sarebbe stata tanta gioia e gli uomini sarebbero venuti a sedere nel compartimento semivuoto. Per poltroneria, malgrado il desiderio, non si mosse. Nel momento di stornare l'occhio dalla porta s'avvide che un'animata conversazione s'era sviluppata nell'altro canto della vettura. Uno dei giovini, quello ammalato, si teneva penosamente teso verso il suo interlocutore per arrivare a sentirlo e aveva nella sua faccia emaciata tutta l'espressione di persona che viene costretta ad una fatica spiacevole.

L'altro invece doveva gustare molto l'occasione di tenere una predica. Era un ragazzo circa dell'età del figlio del signor Aghios. Era biondo come lui e con lui aveva un'altra somiglianza che stupì il signor Aghios. Parlava proprio di una cosa di cui il signor Aghios aveva recentemente sentito parlare dal figlio suo. Anche in viaggio si poteva scontrarsi nelle cose note che ingombravano la casa, perché la moda funestava nello stesso tempo le case e i treni. Lo studente parlava dell'origine delle malattie nervose e della cura delle stesse mediante la psicanalisi. Il signor Aghios sentì solo queste parole: – La malattia ha la sua prima origine in una ferita morale ricevuta nella prima infanzia e di cui, per non soffrirne, si soppresse il ricordo. Per avere tale importanza, tale ferita deve essere stata inferta proprio nella prima infanzia.

Tutto questo il signor Aghios già sapeva. E quando il figliuolo suo gliel'aveva detta con aria dottorale, come se fosse stata scoperta da lui, il signor Aghios aveva mitemente consentito. Anche lui vedeva che la ferita fatta in un organismo nel suo sviluppo si moltiplicava con lo sviluppo. Poi l'ignoranza del bambino, dava all'offesa una importanza enorme. Ora, invece, nella libertà del viaggio il signor Aghios si ribellò. Come si poteva asserire una cosa simile? Ogni ferita doleva ed ogni ferita – se ne aveva il tempo – incancreniva e si dilatava. Non soffriva lui, a quasi sessant'anni, di ogni offesa altrui e di ogni proprio dubbio? La carne, composta di tanta parte di liquido, era sempre poco resistente e l'ignoranza poi ci accompagnava fino all'ultimo alito, grande abbastanza per indurci a concedere importanza a tutte le cose che non ne hanno veruna e farcele sentire pesanti, affannose, origine di malessere e malattia. Certo, il tempo ci voleva e il più lungo tempo è quello che trascorre dall'infanzia alla morte. Perciò si potrebbe dire che le avventure dell'infanzia sono le più lunghe e solo perciò le cattive avventure le più pericolose. S'avverano piccole nei piccini e s'evolvono a grandi per affliggere gli adulti.

E il giovanotto continuava a dire: – Una seconda avventura può aggiungersi più tardi ad inacerbire la prima, ma mai può assurgere ad un'importanza per sé.

Qui, ad onta della sua lontananza dal predicatore, la quale avrebbe dovuto impedirgli d'intervenire anche per il rumore assordante del treno, il signor Aghios s'apprestò ad urlare la sua protesta. Aveva taciuto col figliolo suo, ma qui non c'era ragione di tacere. Ci si trovava nella grande libertà del viaggio.

Ma in quel momento il giovanotto sofferente, che aveva provato delle difficoltà per stare a sentire, si lasciò ricadere sul cuscino dietro di sé, allontanandosi da chi gli parlava e disse: – Ne parlerò col medico condotto –. Era stanco e si coperse gli occhi. La posizione faticosa gli aveva dato il sentimento del mal di mare.

Il predicatore apparve per un momento stupito e offeso. E il signor Aghios dovette trattenersi per non ridere. Parlare di cose simili col medico condotto? Certo il predicatore non era medico, ma non era neppure medico condotto e credeva perciò di avere un maggiore diritto di parlare di scienza.

Poco dopo il giovanotto si levò, prese a mano la sua valigetta e uscì sul corridoio per essere pronto ad abbandonare il treno alla prima fermata. Alla fermata il signor Aghios lo seguì per guardare due cose. Prima di tutto volle vedere se il giovanotto veramente scendesse o se avesse voluto abbandonare un luogo ove era stato posposto ad un medico condotto. Scendeva realmente in una stazioncella piccola e il signor Aghios lo seguì con l'occhio come si moveva lento e sicuro e spariva nella casuccia, la porta del piccolo luogo per la quale entrava così la grande scienza della psicanalisi. Poi il signor Aghios guardò nel corridoio sperando di rivedere la giovinetta dagli occhi azzurri ch'egli era stato in procinto di abbracciare. Non c'era. Che cosa facevano dunque tutti quegli uomini in piedi? Essendo uscito sul corridoio il signor Aghios volle darsi un contegno e accese una sigaretta in mezzo a quegli uomini che, in piedi, aspettavano di arrivare alla meta. Egli non ambiva di parlare con loro, perché sul corridoio si sentiva come sulla via. Non era nella propria società, cioè nel proprio compartimento. Guardò fuori della finestra e cominciò a contare i pali del telegrafo come andavano via. Poi, per lungo tempo, non li contò più e fu consapevole di essere rimasto nel più assoluto riposo di pensiero a guardare senza vedere. I pali e la campagna o una parte di vita fuggono senz'essere visti o sentiti. Quando ritornò in sé, dubitò che una cosa simile possa esistere, ma non ricordò che ci fosse stato, in quello spazio di tempo, il menomo movimento della memoria o del pensiero. E forse, a riprova del riposo assoluto avuto, ridestandosi il signor Aghios giunse al suo mondo con un giudizio sintetico: "Io sono un vecchio che non amerebbe nessuno e da nessuno sarebbe amato se non ci fossi io stesso che amo e da cui sono amato". Bisognava rischiarare il mondo a cui egli ritornava. Sorrise, perché non ci fu amarezza. Le cose erano così e ne risultava una situazione comoda come la sua età esigeva. Poi la sua asserzione andava attenuata: Non si poteva dire ch'egli amasse qualcuno, ma egli amava intensamente tutta la vita, gli uomini le bestie e le piante, tutta roba anonima e perciò tanto amabile. Anzi, se fra gli uomini non ci fossero state anche le belle donne, egli avrebbe potuto aspettare la morte con la serenità di un santo. E finita la sigaretta, ritornò al suo posto con la coscienza di aver chiuso un viaggio lontano, inserito nel corto viaggio che s'era appena iniziato. Era stanco di quel viaggio e s'assise con un respiro di soddisfazione.

Il suo *vis–à–vis* intendeva certamente d'annodare discorso, perché teneva in mano un mezzo toscano e gliel'accennò guardandolo supplice coi grandi occhi rischiarati dagli occhiali: – Lei è uscito sul corridoio per fumare, ma visto che il signore già me lo permise, avrebbe niente in contrario di lasciarmi al mio posto a fumare questo mezzo toscano?

Grande cosa il fumo! Specialmente in un compartimento per non fumatori. Ecco che la vita sociale per esso s'iniziava anche fra sconosciuti, come dai cani, sebbene meno entusiasticamente.

Con eguale gentilezza il signor Aghios consentì e volle essere più gentile ancora, aggiungendo alla gentile parola un atto gentile. Per quanto non ne avesse voglia, avendo fumato giusto allora, trasse di tasca un'altra sigaretta e disse sorridendo: – Del mio permesso profitterò anch'io –. Poi, però, non trovava gli zolfanelli. Doveva rovistare tre tasche del soprabito, tre della giubba (non quattro perché quella interna di petto il signor Aghios trovò tanto gonfia che subito ricordò che v'erano i denari), due del panciotto e due dei calzoni. Intanto il grosso signore fu anche una volta molto gentile e gli porse uno zolfanello acceso.

Addirittura commosso, il signor Aghios ringraziò. L'altro gli sorrise, ma nulla rispose essendo occupatissimo col suo toscano che doveva essere un poco umido.

Poi, però, la conversazione si ravvivò perché il signor Aghios, avendo ricordato che sua moglie sempre diceva che le donne ne avevano troppo poche di tasche e gli uomini di troppe, si mise a ridere ad alta voce e dovette dare una spiegazione della sua ilarità.

Il grosso suo compagno di viaggio rise, ma piuttosto per compiacenza che per proprio bisogno. Poi protestò. Non vedeva la giustezza dell'osservazione: – Io so sempre tutto quello che ho in ogni singola tasca. Vuole il mio biglietto? Eccolo! Il mio specchietto? Gli occhiali per leggere? –. Anche quelli erano grossissimi. Aveva grande ordine, forse necessario con quegli occhi difettosi. Aveva un mondo di cose quel signore, come un armadio ambulante e tutte al loro posto. L'idea era buona di tenere tanto ordine nelle tasche ed il signor Aghios si propose di adottarla. Anzi avrebbe messo in una delle tasche un bel registro contenente la pianta delle tasche con l'enumerazione degli oggetti contenutivi. E pensò con buon umore e senza risentimento, che il suo nuovo amico non aveva fatto vedere il portafogli. Anche lui non aveva toccato quella tasca. È un bel sentimento quello di sentirsi furbi.

Poi, per rassicurare anche meglio quel signore ch'egli non aveva riso di lui, il signor Aghios escogitò una gentilezza da usargli. Ricordò ch'era il vanto di tutti i fumatori di toscani di saper sopportare tanto veleno. In verità egli non sentiva tanta ammirazione, perché sapeva che il fumo del toscano non si usava lasciar andare ai bronchi e polmoni, ma si espelleva subito, non appena avutone in bocca il sapore. Ma valeva bene la pena di dire una bugia per garantire intorno a sé tutta la necessaria gentilezza. E disse: – Come fa lei a sopportare tutto quel veleno?

Curioso! L'altro non sentì tali parole quali un complimento. – Non credo di avvelenarmi più di lei con le sue Macedonia. Lei ne gettò via una or ora e ne ha già accesa un'altra. Questo è il terzo mezzo toscano che fumo oggi e fino a questa sera, dopo il pasto, non fumo altro. So come vada con le Macedonia. Scommetto che lei ne fuma una quarantina al giorno!

Non era vero. Questa ch'egli aveva in bocca, il signor Aghios l'aveva accesa proprio a scopo sociale, altrimenti egli avrebbe saputo restarne senza per lungo tempo. Ma la gentilezza! Mentì una seconda volta assentendo, ma ne fu subito consapevole.

Strano! Con gli sconosciuti si mentiva disordinatamente, senza un vero scopo. Con lo sconosciuto non c'era mai un vero accordo. Anche con chi intimamente si conosceva c'era spesso la stonatura, ma non così. Così era un gridìo discorde, come nelle orchestre quando ogni singolo suonatore tocca lo strumento per provarlo, sentirlo e regolarlo. La menzogna con coloro che ci conoscevano s'adattava a tutte le circostanze per essere più credibile. Nel treno che correva era suggerita dal capriccio, mancava dello sforzo consapevole ch'era un fine lavoro mentale. Il signor Aghios si toccò la bocca per frenarla e toglierle quella libertà. Egli voleva traversare il mondo serio, serio, non falsificandolo con parole che somigliavano ai sassi che il monello gettava per il solo bisogno di moversi, senza preoccuparsi dove andava a finire, magari nell'occhio del prossimo. Era dunque più difficile di saper muoversi con dignità fra sconosciuti e a lui era toccato di sbagliare perché poco uso alla libertà, come quei cani di catena che appena liberi guastano il giardino.

Ma c'era dell'imbarazzo nel suo animo e il signor Aghios, per moversi e svincolarsi, aperse il finestrino e comperò un arancio. Una lira! Egli non aveva fame, perché aveva mangiato poco prima di lasciare Milano. Ma non era male di avere un arancio in tasca per l'eventualità di essere colto dalla sete. Una lira, una lira intera!

Il fumatore di toscani era sempre occupato a tirare e sotto ai grossi occhiali gli occhi loscavano per veder meglio il sigaro. Tuttavia doveva aver seguita la transazione fatta dal signor Aghios perché mormorò: – Un arancio una lira. Almeno con questo prezzo non c'è da perdere tempo. Si dà la lira e non c'è resto.

– Né arresto del treno – disse il signor Aghios, pensando subito che con gli sconosciuti si dicevano più parole inutili che con gli amici. Allora si avrebbe dovuto tacere?

Non aveva scrupoli l'altro, perché si mise a parlare abbondantemente dei prezzi bassi di cui si aveva goduto nella sua infanzia. Accarezzava quei prezzi bassi come se fossero stati suoi cari congiunti decessi. E, ad onta degli scrupoli ch'egli aveva interi, anche il signor Aghios parlò di sue lontane rimembranze. Dopo le prime parole si trovò trasportato in tutt'altra epoca, quasi dimenticando che s'era mosso per riscontrare dei prezzi.

Una luminosa mattina di agosto sulla bella strada che va da Tricesimo alla Carnia. Lui e un suo amico, un pittore, in una carretta tirata da un cavallo, che ha il vizio ad ogni tratto di rallentare il passo per sentire meglio quello che si dice nel veicolo cui è legato. Non vi sono frustate, perché nella vasta verde campagna friulana, tra quelle colline che si sporgono cariche di alberi, nella quiete della mattina soleggiata, l'ira stonerebbe. I due giovini, nella loro gioia, sono buoni e amano il cavallino che insieme alla carretta, per una giornata intera costa due lire.

– Non è molto, ma neppure tanto poco –, disse dottoralmente l'altro. – Anche oggidì in Brianza, ma d'inverno...

Il signor Aghios subì tranquillamente l'interruzione. Egli era ora col pensiero tutto in un piccolo luogo della Carnia, Torlano, ai piedi della Carnia, un luogo che a lui, che allora era capitato per la prima volta in una parte nuova del Friuli, sembrava non friulano e neppure italiano. I tetti delle case erti, vicini alla perpendicolare, sembravano fatti per coprire delle case nordiche. Il signor Aghios non ricordava dettagli, ma ricordava tutto l'insieme nitido sorridente, con tanto colore italiano sulle linee quasi gotiche. Accanto a lui, il pittore guardava con gli occhi semichiusi e ambedue associavano la loro ammirazione, la società più intima umana. C'era anche un ruscello, imponente per certi strati azzurri nell'acqua qua e là profondissima e per la foga dell'acqua, viva per la sua recente caduta di montagna. E di tutto questo il signor Aghios tacque, perché non era cosa che appartenesse al signore dai grossi occhiali.

Ma gli raccontò che in quella perla del Friuli lui e il suo amico andarono a rassodare il loro entusiasmo ad una merenda. Fu una merenda a periodi. Dapprima un latte squisito, tinto da un po' di caffè e pane casalingo ancora caldo e un burro autentico, un po' ingenuo e aspro. L'appetito aumentò e, vennero due uova al tegame. Poi un po' di salame tenerello, perché anch'esso nato appena e non ancora cristallizzatosi nel nuovo assetto. E giovine anche il formaggio che seguì, e il vecchio signor Aghios sapeva che il formaggio vetusto è buono, ma che il giovanissimo ha pure i suoi pregi. La merenda fu chiusa da una bottiglia di vino di Torlano. Oh! il vino di Torlano! Giallo e luminoso di luce propria e vivo come l'acqua di Torlano, scesa allora allora dalla montagna. E il vecchio s'incantò a ricordare quella roba giovine e quel vino vecchio (aveva tre anni, di quegli anni lunghi della montagna) e la propria fresca gioventù resa geniale dal grande pittore triestino, sparito tanto presto e che guardando il ponte di Torlano sapeva come Manet l'avrebbe ritratto. Ma a Torlano, dove la montagna incombeva, il ponte non avrebbe potuto restare solo e giganteggiare. Tutto era sparito. Era impossibile che Torlano esistesse ancora, quand'era morto il pittore che l'aveva baciato, e lui era là molto simile a quanto era stato, ma non più simile di una fotografia ad una cosa viva. Ed ora, che guardava indietro, era immobile come una fotografia. Pare che ricordare non sia una vera azione. Il ricordo lo si subisce immobile. Chi ricorda e chi è ricordato s'immobilizzano.

Il suo compagno lo richiamò al movimento del treno. – E il conto fu piccolo? – E infatti il vecchio sentì, ritornando in sé, la spinta del treno che lo fece piegare per innanzi.

Aghios sorrise. – Non basta ancora. Anche il cavallo ebbe la sua merenda: Granturco, perché non c'era avena. In un cortile vasto (lo spazio a Torlano non manca) fu lavata accuratamente la carretta ch'era sudicia, perché, essendo stata guidata dal pittore, aveva finito talvolta fuori della strada carrozzabile.

– Ebbene! – disse il grosso uomo. – Io scommetto d'indovinare a quanto ammontò il conto. Due lire o, tutt'al più, due lire e cinquanta.

– Ella sbaglia di una lira intera – disse il signor Aghios.

L'altro fece atto di non credere. Parve anche fosse in procinto di protestare. Poi s'accontentò di far conti e mormorò: – Due tazze di latte. Pane *à volonté*... quattro uova al tegame... due formaggi. Una lira e cinquanta a me pare poco.

Al signor Aghios, che pur tanto amava la sincerità, la protesta dell'altro parve scortese e anche imprudente. Che cosa poteva lui saperne dei prezzi di Torlano nel milleottocento e novantatré?

E brevemente aggiunse: – Io fui tanto stupito di tale conto, che proposi al pittore di dare una lira intera di mancia, nel quale caso la merenda avrebbe costato proprio quello ch'ella dice. Ma il pittore m'ingiunse di dare solo venti centesimi di mancia, perché pretese che altrimenti il mondo si guastava. Io feci come egli disse. Così truffai Torlano e, tuttavia, come si vide, il mondo si guastò.

Meno male che il suo interlocutore a quest'osservazione dell'Aghios vivamente assentì ed anche rise, perché una constatazione molto giusta fa sempre da ridere. Volle però aggiungere la sua pezzetta e disse: – Chissà se anche Torlano è tanto guasta?

– Io spero di no – disse l'Aghios fervidamente. E non pensò ai prezzi, ma a quell'acqua bene incanalata che cantava la sua mite canzone a quel ponte e a quelle case grandi abitate da gente semplice, ma nutrita di buone cose.

I due s'erano ormai fatti abbastanza intimi e si presentarono. – Ragioniere Ernesto Borlini.

Il Borlini si stupì nel sentire il nome dell'Aghios. – Greco?

– D'origine, ma lontana. – Era da lungo tempo che l'Aghios non pensava al suo nome greco perché chi lo conosceva accettava quel nome come se fosse stato italiano. Certo nella sua vita, causa quel nome, spesso egli aveva rovistato nel proprio animo curioso di scoprirvi qualche cosa del più geniale dei popoli. Tante volte aveva analizzato qualche propria parola per vedere se poteva considerarla arrivata da paesi lontani e tante volte aveva accarezzato una propria idea come sorprendente, nata in un cervello atteggiato altrimenti dai cervelli dei suoi vicini. Adesso pensò: "Se l'origine valesse qualche cosa, io, dunque, mi troverei in viaggio tutto l'anno". Ma molta sua superbia era sparita dacché egli aveva accanto il figliuolo che ne sapeva più di lui.

Rapido il pensiero del vecchio si ripiegò su se stesso. Subito egli dovette ridere. Somigliava egli a Dante o a Omero? In complesso non c'era niente da perdere scegliendo una nazione o l'altra. Umiliato dal proprio riso, passò a considerare le tabelle statistiche. Delitti passionali e fazioni da una parte e dall'altra. Nulla da guadagnare mettendosi di qua o di lì. Eppoi quanti italiani non erano greci senza saperlo? No! No! Anche lui, per trovarsi in viaggio, doveva pagare il biglietto ferroviario.

– Ho piacere ch'ella non sia greco! – disse il Borlini. – Io, i greci, non li posso soffrire. –

L'Aghios ebbe una smorfia d'imbarazzo. Che cosa poteva dire a quel grosso uomo che in quel momento gli aveva serrata la mano e che subito gli dichiarava che metà dei suo organismo gli era odiosa? Il signor Aghios si rassegnò a pensare: "Se tu odii i greci io me ne infischio. Di te non so che il nome, Borlini, e m'è odioso perché lo porti tu". E tacque. Non occorreva abbandonare la propria famiglia per litigare.

I due cominciavano a conoscersi ed era una intimità. Improvvisamente il signor Aghios fu nettato dal suo disgusto da un suono strano, nuovo, che interrompeva le tre, quattro o più note prodotte dal procedere del treno. Il giovinotto, nel cantuccio, ch'era rimasto immoto con una mano sugli occhi, emise un vero gemito. Il gemito è veramente un suono d'intimità. Tutta una via cambia d'aspetto se un suono simile vi è emesso in modo da esser sentito. L'indifferente viandante s'arresta e pensa:

"Oh! poverino! Guarda quello che gli accade e può domani accadere a me che ogni giorno passo per questa stessa via".

L'Aghios e il Borlini, stupiti, guardarono il gemente. Troppo a lungo tacquero e ciò rese accorto il giovanotto che lo si osservava. Levò la mano dagli occhi e guardò i due compagni di viaggio. Lo guardavano, il Borlini proprio chino per innanzi per accostarglisi meglio.

– Sta forse male? – domandò l'Aghios, subito fraterno.

– Perché? – domandò il giovanotto stupito. Aveva dei begli occhi bruni sotto una chioma quasi bionda.

– Scusi tanto! – disse l'Aghios. – Ha sognato forse e ha emesso un gemito.

– Può essere – rispose il giovine. – Ciò mi avviene talvolta. Mi scusino. Io non sono malato. Pensavo a certa mia sventura e perciò gemetti. Mi compatiscano. – Chiuse gli occhi e si riadagiò nel suo cantuccio. Poco dopo trasse a sé la tenda e se ne coperse il capo. Voleva una grande oscurità quel disgraziato, perché nella vettura la luce era scarsissima. S'era già al crepuscolo, eppoi il cielo s'era coperto.

Il signor Aghios continuò a guardarlo. Oh! quanto avrebbe desiderato di poter lenire il primo dolore in cui s'imbatteva in quel suo viaggio. Un gemito, poi, è il suono più familiare che un uomo possa indirizzare ad un altro. Lo s'intende subito. È più intelligibile di una parola, perché sfuggito all'organismo che lo formò e non lo volle come tutte le sue funzioni. Così il polmone respira e il cuore batte. E il suono va direttamente al cuore degli altri che sanno anch'essi formarlo e perciò l'intendono.

Invece il Borlini guardava il dormente con quei suoi occhi rotondi sotto agli occhiali, con piena, grande diffidenza. Quando avvenne la solita rivoluzione all'arrivo a Verona e la gente di tutto il vagone si mosse, uscendo a prendere aria sulla banchina della fosca stazione o per restare nella più luminosa delle città, il giovanotto si destò, si levò e uscì sul corridoio a guatare la penombra, la fronte poggiata sul vetro della finestra.

Il Borlini si chinò all'Aghios: – Chi geme in pubblico, si prepara a domandare dei denari in prestito.

Era una gentilezza e l'Aghios sorrise per ringraziare, ma non sentì gratitudine. Se si doveva guardare con diffidenza un uomo che gemeva, allora si faceva meglio di restare celato fra le proprie pareti e non moversi. Sentire un gemito e diffidare? Solo diffidare? Era proprio come chi si mette a correre sentendo chiamare aiuto, perché il grido è in sé un avvertimento di pericolo.

Il giovanotto ritornò al suo posto e si sdraiò nel suo cantuccio proprio nella posizione di prima. Intanto il signor Aghios intese ch'egli non poteva soccorrerlo neppure con una parola. La buona educazione imponeva così.

Quando si sorprende un gemito si deve fingere di non averlo sentito. Non per niente si era un gentiluomo. Tutto doveva continuare come se il gemito non fosse stato emesso. "Non devi intrudere" ammonì se stesso il signor Aghios.

Ma prima di abbandonare Verona la vettura accolse tre nuovi ospiti che al signor Aghios parve di riconoscere. Il contadino, la moglie e la figliuola ch'egli credeva di aver visti alla stazione di Milano. Gli pareva soprattutto di riconoscere il gonnellino, rigonfio molto, della fanciulla. Questa gli pareva più giovinetta di quella che aveva visto dormire alla stazione, perché questa non poteva avere neppure dieci anni. Ma non si poteva dirlo, perché un bambino con gli occhi aperti non somiglia ad uno che li ha chiusi. La madre era ben vestita con un fazzoletto di seta annodato sul capo in luogo del cappello. La sua faccina sotto a quel fazzoletto, un po' incartapecorita forse dalle intemperie, era ammorbidita dagli occhi azzurri, serii, ma vivi. Il contadino era privo di colletto, ma vestito pulitamente alla cittadina. Quel fazzoletto sulla testa della contadina, nitido e bianco, era adorabile. La donna inchinavasi agli antenati per sottomettersi al marito che non li curava.

Il giovanotto nel cantuccio fu obbligato di ritirare le gambe. Lo fece senza dire una parola, ciò che al signor Aghios parve scortese, lui che voleva il suo viaggio soffuso di gentilezza. Del resto a lui pareva d'imbattersi in conoscenti e avrebbe voluto aprire loro le braccia. Doveva però diffidare, perché al signor Aghios mancavano due qualità: L'orientamento e il riconoscimento delle fisonomie. A Milano, dopo esserci stato tante volte, non sapeva andare da solo dalla stazione a piazza del Duomo ed era incapace di trovare sulla via chi conosceva ed incapace di non salutare tutti gli sconosciuti. Per essere sicuramente conosciuti da lui bisognava averlo praticato da molti anni. Come è tanto difficile di apprendere da vecchi una lingua, così egli non sapeva più stampare nel suo cervello la fisonomia di gente nuova. Forse era la stessa deficienza che gl'impediva l'orientamento. Infatti, intorno al naso e agli occhi degli uomini, ci sono delle vie, androne e piazze di cui, per la loro minutezza, è difficile d'intendersi. Li conosceva o non li conosceva quei contadini? I biglietti ferroviari erano ora tenuti in mano, fissati negligentemente col pollice sulle altre dita robuste e rudi della donna, mentre a Milano li aveva tenuti il contadino. Ecco una differenza e il signor Aghios fu più dubbioso che mai.

Anche il Borlini guardò quei biglietti. Si chinò all'Aghios, come per dirgli qualche cosa d'importante, e gli soffiò nell'orecchio: "Quei biglietti sono di terza classe".

Il treno correva da una decina di minuti e la fanciulla si guardava intorno come se cercasse qualche cosa. Poi si piegò sul grembo della madre e mormorò: – Mama, voio veder.

Anch'essa aveva la testa coperta dal fazzoletto annodato al mento. La faccia sua era rosea e fresca, gli occhi azzurri, più chiari che della madre, grandi, la cornea bianca, luminosa anch'essa. Parlavano il veneto ed era difficile fossero venuti da Milano.

La madre si chinò e disse: – Guarda alora. No ghe xe gnente da veder –. Parlava a bassa voce. Pareva intimidita dalla compagnia di quei signori silenziosi.

Il signor Aghios, che non aspettava di meglio, fece posto alla finestra: – Vuol vedere! Ha ragione! Anch'io quando viaggio voglio vedere. La ponga qui.

La bambina guardò supplichevole la madre, la quale volse il guardo come a domandare consiglio al marito. Questi sorrise, – Se sto sior xe tanto bon, no vedo perché la picola no dovaria godersela. Zà no restemo tanto, perché ghe semo subito a ...

E subito preso in braccio il piccolo fagotto di vestiti, lo depose al posto lasciato libero dal signor Aghios.

La piccina guardò la campagna che fuggiva e per qualche minuto stette silenziosa. Poi aderì con tutta la faccia al vetro e il signor Aghios sorrise perché intese che faceva così per vedere meglio. Indi si volse al padre piagnucolando: – Mi voria veder.

– E no ti vedi? – domandò il padre stupito.

– Mi no che no vedo! – esclamò la fanciulla e volse alla madre i chiari occhi, resi anche più chiari dalle lacrime che cominciavano a formarvici. La madre accorse e sedette fra il padre e la bambina, così che il signor Aghios dovette spostarsi ancora una volta per fare luogo, fatica che gli fu resa più facile da un cordiale: – El scusa tanto! – del contadino, mentre il Borlini lanciava un biasimo parlante traverso ai suoi occhiali.

La madre domandò: – Ma coss'ti vol veder? No ti vedi tuto?

La fanciulla scoppiò in pianto: – No vedo el treno.

Il Borlini scoppiò in una risata e i genitori risero anche loro, un po' imbarazzati dalla bestialità della figliuola. Il solo Aghios fu commosso. Egli solo sentiva e sapeva il dolore di non poter vedere se stesso come viaggiava.

Il piacere del viaggio sarebbe tutt'altro se si avesse potuto vedere il grande treno con la sua macchina come procedeva traverso alla campagna, come un serpente veloce e silenzioso. Vedere la campagna, il treno e se stessi nello stesso tempo. Quello sarebbe stato il vero viaggio.

Domandò sorridendo: – È la prima volta che la cara bambina viaggia?

– Sì! – disse pronta la contadina. – E se ghe ne parla zà da quindese zorni de sto viagio.

L'Aghios si commosse. Quindici giorni su questo viaggio e trovarsi poi in questa gabbia chiusa! Nella mente giovinetta il viaggio avrebbe dovuto concedere il piacere di una passeggiata senza fatica moltiplicato per infiniti numeri. Quale delusione!

Poi venne il peggio. Il controllore si presentò alla porta a rivedere i biglietti. Quelli dei tre ultimi venuti erano di terza classe ed essi dovettero sgombrare. È vero che alla prossima stazione sarebbero discesi, ma intanto dovevano cambiare di vagone. Per quanto il controllore fosse abbastanza urbano, tuttavia la sua voce ebbe qualche accento imperioso. La bambina non pianse più e si ficcò timorosa fra padre e madre ch'erano già in piedi. L'Aghios domandò al controllore: – Non si può chiudere un occhio per una stazione sola? –. I contadini erano già usciti dallo scompartimento. Il controllore cortesemente disse: – Io faccio il mio dovere.

E l'Aghios deplorò di non aver avuto il coraggio di stampare un bacio sulla fronte della bambina, là, sopra agli occhi chiari che avrebbero voluto vedere il treno. Lui, di seconda classe, per affetto alla terza.

Il Borlini era tutto approvazione: – Ordine ci deve essere –. L'Aghios non protestò, perché pensava a cappuccetto bianco come passava fra la gente sul corridoio.

– Quella del treno mi piacque – disse il Borlini. – Tanti bambini tardano molto a intendere le cose. Vuol vedere il treno e c'è dentro.

Poi raccontò di avere anche lui a casa due bambini, uno di sei e l'altro di quattro anni e mezzo. Egli s'era sposato tardi. – Sì! Dopo raggiunta la necessaria posizione. – Il secondo vedeva tutte le cose che non importavano, le automobili che passavano lontane e non quelle che minacciavano di schiacciarlo e il palazzo alto e non la pietra su cui incespicava.

– Dovrebbe essere consanguineo di quella bambina che non vedeva il treno – disse il signor Aghios.

Il Borlini non parve approvare l'osservazione. – Il mio è un po' più fine per quanto bestia anche lui.

Poi raccontò che pochi giorni prima era con Pucci a passeggio e videro due carabinieri col loro mantello un po' minaccioso sotto a quel cappello napoleonico. E il bimbo spaventato domandò se quei carabinieri sapevano ch'essi non erano dei ladri. – Si può essere più sciocchi di cosi? – esclamò il Borlini.

Subito l'Aghios prese interesse al chiacchierio vuoto del suo compagno. Come si sentiva amico del piccolo Pucci dal cuore palpitante di paura d'essere preso per un ladro o forse di esserlo! Il ladro poteva essere preso in flagrante, ma non c'era una prova così risolutiva per il non ladro. Era come la prova Wassermann. La negativa non era mai sicura. Il microbo del furto poteva esserci nel sangue, ma aspettare una buona occasione per dar segno di vita.

Poi il Borlini, fra una tirata e l'altra del suo minuscolo toscano che gli aveva consumato una scatola intera di cerini, disse ancora di Pucci, che aveva paura di notte, ma che si sentiva più sicuro se gli permettevano di tener nel letto un giocattolo, per esempio la palla di gomma. – C'è senso? – domandò il Borlini. – È però di buona razza – disse il Borlini, – e somiglierà presto a suo fratello che non ha di tali rane.

Strana asserzione! Se non ci fosse stato l'obbligo della cortesia il signor Aghios, per la propria esperienza di sessant'anni, avrebbe potuto raccontargli che quando si nasce fatti in un modo, si resta così. Era invece un grande disgraziato, quel povero Paolucci ch'era nato in una famiglia che non faceva per lui. L'Aghios lo intendeva, perché anche lui aveva sofferto di paure quando ancora la vita non gli aveva insegnato quanto minacciosa essa fosse. Aveva sognato di quegli animalucci piccoli, rapidi, inafferrabili e schifosi, roditori e insetti quando ancora non aveva sospettato che prima o poi l'avrebbero raggiunto, e di grandi oscurità prima di sapere che l'oscurità era la nostra meta. E nel suo letto egli aveva portato con sé un cavalluccio di legno e dormendo lo stringeva al petto. Finora egli aveva creduto d'aver fatto così per bontà, attribuendo una vita bisognosa di calore a quel suo cavalluccio di legno che alla vita apparteneva per la sua forma ruvidamente sbozzata. Ma la palla? Quel Paolucci, il suo vero fratello, teneva in letto una palla! Quella poi non aveva bisogno di calore, con quella sua forma rigidamente rotonda che non apparteneva alla vita. E quando l'aveva vicina si tranquillava e aveva meno paura! Ma era un simbolo quello; s'attaccava al suo divertimento per dimenticare la vita (divertimento = diversivo, pensò l'Aghios senza che il suo figliuolo sentisse). Come il piccolo Paolucci aveva potuto assurgere a tanta altezza! Ma ora, in tutta la sua vita, che l'Aghios, sinceramente gli augurava lunga, egli non poteva apprendere nulla di più nuovo, nulla di più alto, nulla di più amaro. Perché viveva ancora? Il fratello suo! Quale avvenire lo aspettava! Anche lui, quando non aveva saputo simulare, aveva passato la sua vita fra sorrisi di scherno, correzioni imperiose o sprezzi. Per sua sfortuna e propria sventura il figliuolo suo non gli somigliava affatto, privo di paure, accorto e abile, sentendo il divertimento come il suo destino. Non sospettava che cosa fosse la vita e non se ne curava, come se egli alla vita non avesse appartenuto. La godeva dimenticandola. Studiava poco, ma sapeva maneggiarsi. Sapeva anche poco, ma aveva sempre pronti molti dati precisi che gli davano facilmente la vittoria. E aveva a disposizione molti libri in cui sapeva trovare tutto quanto gli occorreva per discutere.

E per lungo tempo il piccolo Paolucci fu il suo compagno di viaggio. Il Borlini ne disse ancora una parola: Mentre suo fratello maggiore camminava sicuro, attaccato alla mano del padre, Paolucci si faceva sempre trascinare. Era come la moglie di Lot e guardava dietro a sé. Certo per vedere più a lungo le cose.

Paolucci Borlini poteva diventare un grand'uomo oppure un triste depravato o infine un uomo comunissimo come lui stesso, il signor Aghios. Meno felice in tutti i casi. Anche per far valere delle grandi qualità ci voleva dell'accortezza. E non avendo questa, si poteva vivere come se la si avesse avuta e traboccare per afferrare le cose di cui l'uso non è concesso che per quella conquista che designano come legittima. O infine poteva adattarsi di vivere la vita più comune, riservando il libero movimento delle grandi qualità nei brevi intervalli in cui viaggiava.

Addio caro, piccolo fratellino.

Eppure dopo di essersi congedato da lui, il signor Aghios s'imbatté in lui anche una volta. Per dimostrare anche una volta la bestialità del bambino, il Borlini raccontò che una mattina Paolucci si destò affannato e raccontò di aver sognato di asini e cavalli, che gli correvano addosso minacciosi, per dargli calci. E il Borlini, vantandosi, raccontò ch'egli interruppe il racconto domandandogli: – Ti davano dei calci con le zampe anteriori o con le posteriori? – Con le anteriori! – disse il bambino. – Ebbene! – disse il Borlini. – È un sogno impossibile, perché quegli animali non possono dare dei calci con le gambe anteriori.

Il signor Aghios rise, ma pensò: – Povero Paolucci! Una vera crudeltà! Spezzare i sogni dei bambini con la scienza.

E quando Paolucci definitivamente lo abbandonò, egli restò proprio solo col Borlini. Molto solo! Ci furono dei momenti in cui egli rivide uno per uno i simpatici veronesi che lo avevano abbandonato a Porta Vescovo e alla Centrale e ripensò ai due contadini (quell'indimenticabile donna dagli occhi dolci e dalla pelle bruciata!) e pensò che il suo viaggio sarebbe stato ben più lieto se uno qualunque di costoro fosse rimasto al posto del Borlini. Peccato che quel giovanotto, reso interessante da tanto dolore, continuasse a dormire nel suo cantuccio.

E bisognò parlare col Borlini. Stavano là, seduti a guardare, traverso la finestra, la notte oramai completa, e cortesia voleva di far sentire la propria voce. Disse subito una bugia lamentando di dover sobbarcarsi alla fatica del viaggio. Aveva preso lo slancio al complimento (che per sua natura è menzognero) e disse la bugia completa: Per lui il viaggio era una tortura.

E in un lampo il signor Aghios evocò delle immagini che dovevano rendere vera quella bugia. In prima linea la bambina di poco prima, che aveva immaginato il viaggio come qualche cosa che meglio si senta e si veda. Anche lui era come la bambina. Il vero viaggio sarebbe stato quello con la diligenza traverso a vere vie naturali (chiamava naturali quelle prive di ferro) e ai luoghi abitati, con gli arresti non alle stazioni, che in Italia mai davano l'immagine del luogo di cui erano la porta d'ingresso, ma davanti ad un'osteria del luogo, parte di esso, ove i cavalli si rifocillavano o cambiavano. Neppure in automobile la via, il luogo, la gente non era tanto intimamente sfiorata dal viaggiatore. E il viaggio, in compagnia del Borlini, era meno viaggio che mai.

Il quale rispose all'osservazione dell'Aghios con una domanda: – Quante volte viaggia lei in un mese?

Ed il signor Aghios disse un'altra bugia: – Due o tre volte al mese –. Era già la seconda volta – disse – che in un mese andava da Trieste a Milano. Quest'ultima comunicazione era vera. La prima volta su e giù con la moglie; la seconda volta si concludeva ora col suo ritorno da solo. Ma prima, da anni, non s'era mosso da Trieste.

Il Borlini vivamente stava contando aiutandosi con le dita e mormorava: Lodi (sporgendo il pollice), Vicenza (l'indice), Siracusa (il medio), Ancona, Siena, Perugia ... . Dieci città e l'Aghios guardava quelle dita tozze che le segnavano e correva a vederne tutto l'aspetto in rapida sintesi: Lodi (non v'era stato, ma ricordava che la poverina non aveva saputo imporre il proprio nome alla sua squisita invenzione attribuita a Parma), Vicenza (il Palladio, le cui opere venivano spregiate da quel saputo del figliuolo suo, quei palazzi marmorei che l'Aghios vedeva lucere nelle vie poco popolose in una giornata festiva di sole), Siena (oh! quel duomo risultato più piccolo del proposito e piccolo per tenere tanta bellezza. Siena? Diecimila fiorentini ammazzati in un giorno!), Perugia (le volte, Assisi vicina e i campi verdi coi greggi bianchi, tutto un paese che sta aspettando un altro santo). Ma il Borlini non lo lasciò pensare più oltre. – Dieci volte! – esclamò. – Io lasciai Milano durante questo mese, e siamo al venticinque, ben dieci volte. E non me ne dico stanco, perché, per essere ben fatto, il dovere dev'essere un piacere.

Oh! Questa, poi, era grossa! Se il dovere fosse il piacere, allora non ci sarebbe merito. Egli, l'Aghios, aveva il vanto di aver fatto tutta la sua vita il vero dovere, abbandonando i suoi cari pensieri, le sue care fantasie, il vero piacere. Se lo avessero lasciato in pace, egli avrebbe percorso il mondo, non per guardarlo, ma per trovare maggiore stimolo a staccarsene, abbellirlo e offuscarlo. Anche il figliuolo suo diceva che ognuno a questo mondo faceva quello che doveva e perciò lui si divertiva, mentre altri (il signor Aghios) soffriva. C'era sicuramente una differenza! Ma dove?

Non protestò. Tutta quella conversazione non gli sembrava una vera conversazione. Perché avrebbe dovuto faticarsi a discutere? Si moveva la bocca così, per dar tempo al treno di procedere.

– Ella è dunque un viaggiatore di commercio? – domandò tanto per dire qualche cosa.

– Macché! – disse il Borlini con disdegno per chi non meglio lo giudicava. – Io sono l'ispettore viaggiante di una società d'Assicurazioni.

Il signor Aghios s'inchinò, come per congratularsi dell'alta carica. Ispettore! Era tutt'altra cosa di commesso viaggiatore!

Si vedevano in distanza, sotto la montagna, le luci di una borgata ai piedi di una collina. Luce tranquilla, immota! Del resto una luce lontana è sempre tranquilla, è sempre immota! Può soffiare il vento e, se non l'estingue, è come quella delle stelle; brilla con la tranquillità di un colore (se ce ne fossero di tanto brillanti). E per qualcuno in quella borgata doveva esserci il turbine. Ma la lontananza è la pace.

Ma bisognava intanto muovere la bocca e il signor Aghios disse delle altre bugie, senz'intenzione, per mancanza di sorveglianza: – Io non amo di lasciar sola la mia vecchia moglie.

– So che vi sono degli uomini fatti così – disse l'ispettore guardando attentamente il signor Aghios come se avesse voluto studiare un animale strano.

E l'Aghios insistette nella bugia: – Badi ch'io alla città non ci tengo affatto e che mi trovo altrettanto bene a Milano che a Trieste. La questione è che non so vivere solo.

E pensò: "Guarda, guarda pure, ad onta di tanto occhiale non ci capirai nulla". Stimo io! Se quello che diceva doveva contare, era impossibile d'indovinarlo. E disse ancora ch'egli amava la vita di famiglia. Cercò una parola più intelligente per addobbare la bugia e la trovò subito: Egli amava la vita di famiglia ove era necessario di pensare ora all'uno ora all'altro e mai a se stessi, alla propria miseria. Parlava della propria miseria in un momento in cui assolutamente non la sentiva, coi soldini in tasca pronti per le mance e il suo affetto per tutti i deboli in cui s'imbatteva, il suo affetto tanto grande da raggiungere anche delle persone che non aveva mai visto, come l'indimenticabile Paolucci.

Il Borlini brontolò: – La mia vita di famiglia è tutt'altra cosa. Quando ci sono io tutti pensano a me e così faccio anch'io, cioè penso a tutti loro. Quando viaggio allora, naturalmente, lascio la libertà a tutti, ma spero che a me si pensi. Io sono assorbito dagli affari e non penso che a questi. Ma perché ci sono, gli affari? Non forse per la famiglia? Quando penso agli affari, penso alla famiglia.

L'Aghios rimase ammirato. Quest'era la presentazione del vero uomo normale! Non gli era simpatico. L'uomo normale voleva che tutti pensassero a lui (e rivelò il suo vero pensiero confessando, dapprima, che così faceva anche lui, per disdirsi, poi, con una spiegazione che annullava la parola sfuggita). Forse tutti pensavano a lui per augurargli la morte. Come era migliore lui, che non domandava niente. Non gli pareva d'aver amato meno la propria famiglia perché non lo curava abbastanza. No! Egli l'amava meno perché sentiva il bisogno della famiglia maggiore, il mondo.

Fu una vera antipatia per il suo interlocutore che lo trascinò ad una discussione. Non bisognava permettergli di dire delle cose tanto ingiuste con quel tono di predicatore sicuro di sé. Seccamente, con piena sincerità, egli disse: – Io, invece, quando sono in famiglia penso a tutti loro e spero che quando sono assente tutti pensino a me –. C'era la bugia nella seconda parte della dichiarazione, ma questa era risultata da un'istintiva modestia. Temeva di apparire troppo alto se avesse confessato che poco prima egli aveva desiderato che sua moglie, durante la sua assenza, non l'avesse ricordato. Troppo alto? Dicendo il suo intimo pensiero forse non avrebbe appartenuto tanto in alto.

Il Borlini si mise a ridere, di un riso sonoro, a scatti, il rumore di un motore che s'avvia: – Ma questa è poesia; vera, futile poesia! Sarebbe ella forse un poeta travestito?.

Dapprima il signor Aghios sentì la parola come un'insolenza. Travestito? Ma poi guardò in se stesso con curiosità. Egli credeva d'essere un uomo che desiderava tante cose non permesse e che – visto che non erano permesse – le proibiva a se stesso, lasciandone però vivere intatto il desiderio. Egli poi non ne parlava neppure e stava facendo delle asserzioni che dovevano celare meglio – negandoli – quei desiderii. Era perciò un poeta travestito? Se avesse cantato di quei desiderii non permessi sarebbe stato un poeta non travestito. E negandoli? Se per negarli avesse saputo elevare la voce fino al canto, anche negandoli sarebbe stato un poeta. Che bestia quel Borlini! Come può travestirsi un poeta? Tacendo? Non è un travestimento infatti ma perché il silenzio pensò l'Aghios. Nella vita si può essere bestia quanto si vuole, ma non un poeta se non si sa cantare la propria bestialità.

Disse con semplicità: – Non so neppure di quante sillabe si componga un endecasillabo.

– Undici – disse il Borlini. – Lei, greco, lo deve sapere. Si traveste ancora.

– Ma che poeta – disse l'Aghios, ridendo un po' compiaciuto e un po' offeso. – Pensi che io ora corro a Trieste senza moglie e senza figlio per un affare urgente.

Non poteva aprir bocca senza dire qualche parola di troppo. E trovò una verità da dire e la disse subito, come se una parola vera potesse cancellare la vergogna di una parola falsa: – Si figuri se è un piacere viaggiare così, carico di denari –. E si batté la tasca di petto.

Il Borlini si mise a ridere più a bassa voce, guardando con diffidenza verso il loro compagno che ancora sempre sonnecchiava nel suo cantuccio: – Anch'io ne ho del denaro in tasca, e molto. Da lei è un'imprudenza, da me una necessità.

Il Borlini diventava veramente aggressivo ed il signor Aghios sconcertato tacque. Dopo una pausa alquanto lunga il grosso uomo riprese la parola in tono più di convinzione. Forse s'era pentito del suo tono troppo aggressivo.

QUI SI INTERROMPE IL PRIMO DEI DUE AUTOGRAFI

e già non sapeva capacitarsi della propria sfortuna di essersi imbattuto in una persona che fumava meno di lui e viaggiava tanto più di lui. Certo fra quei gentili cinque Veronesi che poco prima l'avevano abbandonato non ce n'era uno di simile a costui.

Doveva amare l'esattezza: – Devo dire che io veramente non vado a Milano per lavorarci ma per starci. I miei viaggi sono intrapresi da Milano per gli altri centri. Io poi amo di viaggiare. Infatti se non fosse così non viaggerei affatto perché nessuno potrebbe costringermivi.

Probabilmente mentiva anche lui. Il signor Aghios senz'esitare dichiarò ch'egli odiava di viaggiare. Se fosse dipeso da lui non si sarebbe mosso né da Trieste prima, né da Milano ora. Gli era indifferente una città o l'altra, a lui bastava di poter restare fermo.

– Sì. So che ci sono degli uomini fatti così! – disse l'ispettore guardando attentamente il signor Aghios come se avesse voluto studiare un animale strano.

"Guarda! guarda pure!" pensò il signor Aghios. "Non ci capirai tuttavia nulla." E mentì ancora ma divertendosi di sfiorare la verità negandola. Raccontò che a lui piaceva la vita di famiglia nella quale si era costretti di pensare ora all'uno ed ora all'altro ma mai a se stessi.

L'ispettore brontolò: - La mia vita di famiglia è tutt'altra cosa. Quando ci sono tutti pensano a me e così faccio io pure. Quando viaggio allora naturalmente lascio la libertà a tutti e me ne compiaccio.

Voleva apparire anche liberale! E il signor Aghios si rattristò pensando a quello che doveva essere la vita in quella famiglia con a capo un simile individuo. Il peso ch'egli si addossava per propria elezione o indole, quelli là dovevano sopportarlo per volere altrui: Una bella differenza! Egli amava tuttavia tutti. Chissà invece i membri di quella famiglia come frequentemente desideravano di veder schiattare quella grossa pancia che gli stava tronfia di faccia!

E l'antipatia per il suo interlocutore fu sì viva che per la prima volta iniziò lui la discussione ed anzi tentò senz'altro di montargli sulle spalle imitando quanto l'altro aveva fatto sino ad allora: - Io, invece, quando ci sono penso agli altri e spero che quando sono assente tutti gli altri pensano a me.

Il grosso uomo si mise a ridere, di un riso forte, a scatti, come gli scoppii di un motore che s'avvia: – Ma questa è poesia; vera, futile poesia. Sarebbe Ella forse un poeta travestito?

Travestito, no! Questo poi no! Ma poeta? Un uomo che non lo conosceva s'azzardava d'indagare i più intimi meandri del suo cuore? Poeta? Egli stesso talvolta aveva dubitato d'esserlo. Già! Che cosa erano i suoi augurii a tutti che aveva interrotti accorgendosi che finivano coll'essere ironici come se li avesse indirizzati a quattro giocatori di bridge ad un tavolo, se non pura, vuota poesia? E quella sua ammirazione per le donne ben vestite che non poteva risultare dal desiderio del peccato mortale perché altrimenti le avrebbe desiderate meno ben vestite? E persino quel suo desiderio di essere solitario nel dolore per annullarlo nello sforzo d'arrivare a considerare e farsi considerare dal prossimo sconosciuto? E i cani? Tutto ciò era certamente vuota, vana poesia. Il signor Aghios si esaminava con grande sincerità, ma, con una falsità ispirata dall'odio disse costringendosi a ridere anche lui a scatti per un'imitazione del modo di ridere del suo interlocutore e nemico replicò: - Io, poeta. Io sono un buon commerciante! Io poeta? A meno che a questo mondo non si sia tutti un po' poeti. Anche Lei con la Sua esigenza che tutti s'occupino di Lei.

– Nella mia famiglia, *notabene* – ammonì il mastodonte – perché di tutti gli altri io me ne infischio. – Lo guardava tanto fisso che il poeta sentì d'essere fra quegli altri.

Lo sconosciuto diventava veramente aggressivo ed il signor Aghios sconcertato tacque. Dopo una pausa alquanto lunga il grosso uomo riprese la parola in tono più di conversazione. Forse s'era pentito del suo tono troppo aggressivo.

– Pensi quello ch'io faccio per la mia famiglia eppoi mi dica se in contraccambio non ho il diritto di esigere che tutti i suoi membri pensino costantemente a me. Vi sono certi uomini a questo mondo che lavorano come me, ma nessuno più di me. Questi viaggi non possono essere considerati quali un riposo. Le pare?

Al signor Aghios pareva che fino a quel momento in cui aveva incontrato il suo interlocutore, il viaggio fosse stato veramente un riposo. Ora, costretto di dar continuamente ragione a qualcuno che egli non amava, si sentiva afferrato da una famiglia e per di più da una famiglia che non amava. Poté perciò consentire con piena sincerità: – No, assolutamente non è un riposo! –. Non era un riposo! Per godere del riposo bisognava aspettare Padova, varie ore!

– Pensi poi alla responsabilità che mi tocca assumere! Talvolta liquido io, da solo, un danno! dall'a alla zeta! Apprezzazione del danno e accordo definitivo! Naturalmente che so quello che faccio e mai ebbi ad incorrere in alcun rimprovero. Oggi, per esempio, corro a Padova proprio per una cosa simile. Un grossissimo cliente ebbe un incendio ed esigeva centosettantacinque mila lire. A Milano proponevano di mandare dei periti, quegli ingegneri imbecilliti nella matematica. Io dissi al direttore di provare d'incaricare me della liquidazione e mi ripromettevo saldare tutto con centocinquantamila lire e conservarmi la riconoscenza del cliente. Il direttore, che mi conosce, disse subito: – Va bene! Tentiamo questa volta noi, uomini d'affari, senza ingerenza di quelle bestie di tecnici. Faccia lei! –. Ed io partii dopo di aver messo nel mio portafogli centocinquanta pezzi da mille lire. Guardi qua! – e trasse dalla tasca di petto un portafoglio gonfio, che aperse. – Noi arriviamo a Padova troppo tardi per riscuotere un vaglia e perciò mi carico di tutte queste banconote. Il cliente sarà reso più mite, se vede le banconote in natura –, e il grosso uomo rise mostrando i suoi bei denti di carnivoro. – eppoi, chissà che una parte di queste banconote non ritorni alla Società? Il vaglia invece è difficile di frazionare e non si potrebbe offrirne una parte alla volta.

Qui il signor Aghios poté competere coll'ispettore. – Anch'io per la mia famiglia assumo volentieri qualunque responsabilità. Nella mia tasca di petto ho ... – esitò per un istante, perché stava per dire la verità, cioè trentamila lire; poi si ricredette e disse: – cinquantamila lire.

– E non ha paura di portare tanti denari con sé?

Il signor Aghios s'arrabbiò: – Se lei crede di saper difendere centocinquantamila lire, io ne saprò certo difendere cinquantamila!

L'ispettore si mise a ridere di un riso molto più gradevole di prima e l'accompagnò di un'occhiata d'ammirazione pel signor Aghios. – Una vera frase da poeta cotesta! – osservò.

Il signor Aghios si sentiva solleticato nel suo amor proprio, ma tuttavia era in dubbio se aveva ragione di non offendersi. Il poeta era un uomo che sapeva scrivere, ciò che il signor Aghios non sapeva e, non sapendo fare delle poesie, il suo destino era di falsare la verità, vedere aria dove c'era una parete e sbattervi la testa. Fino a Padova non occorreva offendersi però; perché convincere quel signore che non avrebbe rivisto mai più?

Eppure la loro recente relazione doveva farsi più gradevole. Doveva dipendere dal fatto che l'ispettore pensava di essersi presentato a sufficenza e che ormai poteva trattare, con più semplicità. Intanto si preoccupò del denaro del signor Aghios. – Non dica più di avere quel denaro. Capisco che sono stato io a fare il malanno. Ma io ho buon naso e subito compresi che con lei non c'era pericolo. Quello lì, dorme della grossa. – Ambedue si misero a guardare il biondino pallido, sempre immobile nel suo cantuccio. Dormiva tranquillo e giaceva sul guanciale come un pupazzetto di cera, scosso dai sobbalzamenti del treno. Soltanto le narici del suo naso fine parevano allargate, quasi per uno sforzo di lasciar passare maggior quantità d'aria. Da quei biondini trasparenti le narici sembravano delle piccole ali. Ma poi il signor Aghios ricordò un suo cavallo imbolsito, che tendeva le narici col solito sforzo fuori di posto dei malati e mormorò: – Dev'essere enfisematico.

Oramai il signor Aghios era accorato per il ricordo del suo cavallino bolso. Nella malattia le bestie somigliavano di più all'uomo. Solo a loro mancava la parola, cioè la bestemmia che più attenua il dolore della malattia. Povere bestie. Il cavallino soffriva e non lo sapeva, ma il suo affanno era molto umano.

L'ispettore aveva acceso il suo toscano e per far dimenticare di essersi vantato di una regola ferrea, gettò un complimento al signor Aghios: – In buona compagnia si fuma di più –. Ed il signor Aghios fumò soltanto per restituire il complimento.

Poi l'ispettore predicò e fu molto noioso, ma la salvezza era a mano. Il treno faceva un rumore indiavolato e bastava cessare dallo sforzo di stare a sentire per non sentire più nulla. Tuttavia il signor Aghios sapeva quello che l'ispettore stava dicendo. Parlava di politica ed asseriva che sarebbe bastato il buon volere di tutti per trarre l'Italia da ogni difficoltà. Circa quaranta milioni di buon volere. L'unanimità! Era troppo, mentre il signor Anghios (che si sentiva greco) aveva osservato che quando due italiani si trovano allo stesso tavolo, avevano la gran voglia di lasciarlo per non sentire più l'altro. E lui stesso, ch'era italiano per la nonna e la madre, non avrebbe voluto saltar fuori dal treno per non vedere più il signor ispettore?

E, mentre il signor ispettore parlava, il signor Aghios restò ad analizzare il ricordo della propria nonna. Com'era pallida. Una sola frase che forse gli era stata ripetuta da altri: Il letto è una buona cosa, perché se non si dorme si riposa. Ed una fotografia sbiadita di donna grassa, cadente, vestita a festa con vestiti impossibili che la stringevano nella vita e le lasciavano la gonna larga. La frase era altrettanto sbiadita e il signor Aghios non sapeva staccare la fotografia dalla frase, né la frase dalla fotografia. Pareva insomma che la fotografia avesse parlato. Perciò quella fotografia era più espressiva di ogni altra. Poteva avvenire che quella donna si rimettesse a discorrere.

Ora il signor ispettore era arrivato a parlare delle elezioni. Il signor Aghios, per cortesia, si spostò in avanti per avvicinarsi all'oratore e sentì chiaramente questa frase: – Il voto... obbligatorio –. Ritornò al suo posto subito.

Tutto era obbligatorio in questa vita, anche di stare a sentire il signor ispettore. Se si divideva la vita nella parte dedicata alle azioni e alle parole obbligate e in quella riservata ai movimenti di libera iniziativa e ch'era quella che solo meritava il nome di vita, come questa era meschina in confronto di quella. Il signor Aghios era partito anelante alla libertà, ma sapeva che, di lì a qualche giorno, della libertà ne avrebbe avuto abbastanza e avrebbe ambito di riavere il suo giogo. Era così! La schiavitù non era solo un destino, ma anche un'abitudine. Era bello avere la libertà nel momento in cui ci si liberava, come aveva fatto lui che lasciava chiacchierare il signor ispettore senza starlo ad ascoltare.

Ma l'ispettore lo guardò ed egli di nuovo per cortesia s'avvicinò a lui per udirne la parola e senti: – In Italia ci sono troppi capi.

Il signor Aghios, rimessosi al suo posto, seppe subito dimenticare che in Italia ci fossero troppi capi. Aveva guardato fuori della finestra donde era proibito di augurare il bene ed era stato colto da un'idea terribile: "L'avvenire del mondo era di divenire tutto un'unica, una sola città. Addio campagne, addio boschi, addio prati. Come avrebbero mangiato tutti costoro? Chimicamente? Oh! Disgraziati". L'idea colossale gli era venuta dalla vista di tre case coloniche con altre tre più in là e due prima e infine altre quattro. Invadevano i campi! Egli vedeva come fra tutte queste case se ne sarebbero messe delle altre e tutte in fila. Ma però, quando il mondo sarebbe stato tutta una città, lui, sua moglie e persino suo figlio avrebbero domandato poco posto. Era giusto di tranquillizzarsi con tanto egoismo? Non sarebbe stato meglio di soffrire per i posteri? Il signor Aghios sorrise. Il mondo era costruito tanto bene che certi dolori sono impossibili.

In seguito ad un altro richiamo dell'ispettore il signor Aghios arrivò a sentire ancora: – In conclusione io pretendo che il cittadino si scelga un Governo, eppoi non s'ingerisca di altro. Questa è la vera libertà.

Sì! Questa era la libertà! Venticinque anni prima il signor Aghios s'era, scelta la consorte. Quale gioia quando, vincendo ogni difficoltà. egli era arrivato a dirla sua, trovando naturale che, in compenso, egli appartenesse a lei. Egli era stato felicissimo. Oh! tanto! Nella grande libertà del viaggio egli tuttavia pensò che se venticinque anni prima, invece che sentire il bisogno di sposarsi, egli avesse sentito l'istinto del malfattore e l'avesse soddisfatto con un omicidio, certo a quest'ora, a forza di amnistie, egli sarebbe stato del tutto libero, magari di viaggiare.

Nel pensiero solitario non c'era nulla di compromettente ed il signor Aghios con un sorriso continuò a vedersi nella veste di un malfattore liberato. È certo che, abitudinario come egli era, avrebbe avuto un desiderio intenso di ritornare alla galera, come fra poco avrebbe anelato di rimettersi sotto la protezione della moglie e soprattutto andare a proteggere quello scervellato di suo figlio, insomma il ritorno alla sua galera. E del resto che cosa poteva rimproverare a quella sua cara (oh! tanto cara!) moglie? Assidua lavoratrice, economa, bella, aveva vissuto alla lettera per lui. Certo lo seccava (ed il signor Aghios sorrise di nuovo) che quand'egli trovava bella una donna, essa subito interveniva a criticarne il naso o la figura. Eppoi essa lo accettava e amava com'era fatto, ma troppo spesso lo incitava di essere meno distratto e più accorto. Insomma veniva costantemente esercitata una pressione su di lui ed egli ora, in viaggio, libero, tentava di ritrovarsi intero. Certo, doveva riconoscere che la pressione non era tanto grave quanto quella che su lui tentava di esercitare quel signor ispettore viaggiante...

A proposito! L'ispettore, che per parecchio tempo era rimasto a guardare fuori della finestra in un sogno vago, quasi fosse alla ricerca di ulteriori idee politiche, s'era abbandonato sul sedile e dormiva russando leggermente.

Di gusto il signor Aghios si mise a ridere e al suono del suo riso l'ispettore non si mosse affatto. Era un bravo uomo quest'uomo d'affari, che si diceva tanto accorto e che dopo di aver raccontato pubblicamente di tener in tasca centocinquantamila lire si metteva a russare. Il signor Aghios si sentì sollevato, come quando trovava la moglie in sbaglio di distrazione. Questo predicatore qui era veramente ridicolo! La vendetta del signor Aghios sarebbe stata più completa se gli fosse stato permesso di rubare quelle banconote. Sarebbe stata una grande soddisfazione di andarsene con quelle centocinquantamila lire. Peccato non essere un ladro! E il signor Aghios, senza nessuna intenzione di attuarlo, studiò il piano per arrivare a quel portafogli da cui avrebbe preso il denaro e anche le carte d'affari, per distruggere queste ultime, visto che bisognava dare una lezione completa a quel grand'uomo. Era tanto semplice! Bisognava sbottonare la giubba chiusa da un bottone solo e, arrivato al portafogli, estrarlo lentamente secondando il movimento del treno.

Il biondino nell'altro cantuccio si agitò, come se nel sonno avesse avuto un incubo.

Non ce ne sarebbe stato di bisogno, perché il signor Aghios mai più avrebbe proceduto ad attuare il piano. Il suo pensiero era tanto libero precisamente perché ogni attuazione ne era lontana. Libero veramente, il pensiero non può essere che quando si muove fra fantasmi. Anche quella giubba e quel bottone in realtà potevano essere più duri di quanto egli sognasse.

Il signor Aghios sorvegliò il biondino, per non sognare neppure il suo delitto prima che l'altro non dormisse.

Ma allora un altro pensiero lo agitò. Si doveva essere vicinissimi a Padova. E se l'ispettore avesse continuato a dormire? Finché dormiva meno male, ma se si fosse destato e avesse continuato a procedere fino a Venezia? Altre prediche, gran Dio!

In quel momento per buona fortuna venne il conduttore a rivedere i biglietti.

Il biondino diede il suo ed anche l'ispettore si destò e subito domandò: – Quando arriviamo a Padova?

– Fra dieci minuti! – rispose il conduttore.

Meno male. Dieci minuti di predica si potevano sopportare.

Ma il signor ispettore s'era destato di malumore. Non aperse bocca per cinque minuti. Poi si rizzò con risoluzione ferrea e trasse dalla rete la sua valigetta che pose accanto a sé. Guardò poi fuori della finestra e il signor Aghios guardò anche lui nella stessa direzione, con l'unica cortesia che l'ispettore gli permettesse. Il cielo s'era coperto di nubi nere ed il sole del tramonto, invisibile, illuminava la loro parte inferiore, che pareva composta di piante leggere, luminose d'argento, d'oro e di qualche metallo sconosciuto, trasparente e irrorato di luce propria.

– Pioverà – mormorò l'ispettore di malumore.

– Non sempre piove quando il cielo ha quest'aspetto, denso e nero, con propaggini luminose – disse il signor Aghios, tentando di ridare il buonumore all'ispettore o forse per incoraggiarlo ad andarsene, come se la pioggia avesse potuto indurlo a fermarsi nel treno.

Infatti l'ispettore parve contento. – Lei se ne intende del tempo – e per la prima volta guardò il signor Aghios con grande rispetto.

– Non tanto! – disse il signor Aghios con modestia. – Però osservai spesso che il sole, al momento di partire, s'ammanta, quasi volesse nascondervici, di dense nubi che poi, quando non vi è più bisogno di loro, spariscono.

Il signor ispettore fece tre cose in una volta: Sbadigliò, sorrise e disse: – Poeta –. Soltanto che la e di poeta divenne una a larga come quella bocca.

E quando l'ispettore dopo un breve saluto partì, il signor Aghios pensò che il maggior frutto del suo viaggio era la scoperta di essere un poeta.

Allora, da Padova a Mestre, fu la piena libertà. Il biondino nel cantuccio continuava a dormire e così il signor Aghios ebbe, per essersi staccato dal signor ispettore, lo stesso senso di libertà come quando s'era staccato dalla moglie. E questa libertà si precisò in parecchie osservazioni. Su un campo vide lavorare insieme un uomo e una donna. Non vide che una fisonomia sorridente di giovine donna, perché la corsa del treno non gli diede il tempo di vedere anche l'uomo. Potevano essere brutti o belli, ciò non importava. Non si poteva essere sicuri se erano sposati. Quello che era certo, era che lavoravano insieme, ma che si amavano o meglio che formavano quella società sessuale in origine, che doveva degenerare in una società d'interessi abbracciante il campo su cui lavoravano e la casetta, molto lontana forse, dove dormivano. Che truffa colossale! Venivano presi con dolcezza, avvolti nel loro proprio calore naturale e coperti di catene senza che se ne avvedessero. Se il signor Aghios non si fosse trovato in viaggio, dei due che lavoravano cantando sul campo non avrebbe osservato altro che l'aspetto della donna, per compiangere o invidiare il marito. Anche lui, coperto da catene, non sapeva vedere più in là del naso, mentre ora, in viaggio, assurgeva fino a vedere nel destino dell'uomo quello di tutti gli animali domestici. I polli non venivano mica trattati brutalmente. Anzi, veniva propinato loro il cibo che meglio loro si confaceva. Il male era che ad un dato momento venivano sgozzati.

Ed una seconda, benché orribile visione diede ancora la prova dell'altezza del pensiero del signor Aghios. Una donna vecchia, molto grassa, faceva da cantoniera poco prima di Mestre. Pareva che il petto, molto grosso, le rendesse difficile di stare eretta. E il signor Aghios seppe indignarsi di quello che gli parve la massima ingiustizia fra le tante che facevano le leggi di questo mondo. Gli organi sessuali secondari della donna, le piante più deliziose del mondo, troppo spesso degeneravano in modo da torturare coloro cui non servivano più. Ed il signor Aghios ricordò che. poco prima di partire, aveva visto una cosa simile ed era passato oltre mormorando: – Ammazzarla! –. Tanto il suo pensiero s'ingentiliva nella solitudine!

Al momento di lasciare Mestre il biondino nel cantuccio si mosse, tese i bracci per sgranchirsi, come se fosse uscito da un sonno profondo, e mormorò chiaramente: – Come i sogni sono belli! Peccato lasciarli!.

Fu un'avventura enorme nel viaggio del signor Aghios di sentirsi dire una cosa simile da uno sconosciuto. Veniva improvvisamente ammesso nell'intimità di un proprio simile sconosciuto. Con costui non occorreva mica fumare per accostarlo.

Volle ripagarlo di uguale moneta consegnando anche lui qualche cosa della sua intimità. – Io so sognare anche senza dormire – disse sorridendo.

– Eh! sì! – disse con tristezza il biondino, – si può! Quando la realtà non è troppo forte e si può dimenticare. – Guardò sorridendo il signor Aghios. Questo sorriso, che seguiva a quelle parole, certificava la loro relazione già divenuta più intima di quelle che di solito si fanno nell'ozio del viaggio. Si conoscevano intimamente. Il signor Aghios era un uomo felice, la cui realtà spariva quand'egli chiudeva gli occhi. Il giovinetto invece era un uomo torturato che per obliare doveva abbandonarsi al sonno. Due destini o forse due caratteri.

Il signor Aghios, nel suo sentimentalismo da viaggiatore ozioso, corse ad aiutare: – Voi, giovini – disse – molto spesso attribuite troppa importanza a cose, che non ne hanno. Guardi! Non volendo dormire troppo, per togliere importanza alla realtà basta pensare una cosa sola: Che cosa sarà di noi due di qui a cent'anni? Non ci sarà che la calma e perciò è facile di anticiparla. Di tutte le cose che a noi d'intorno si muovono, non si moverà che questo vagone, perché la Ferrovia dello Stato tarda molto a mettere in pace le cose.

Il biondino rise e aggiunse anche la sua approvazione ad alta voce: – Sì, la Ferrovia dello Stato è molto economica –. Poi si raccolse per trovare la risposta da dare. Infine parve ritirarsi nel proprio guscio, come se fosse pentito di discutere con uno straniero, e con un'occhiata molto eloquente, timida e supplice, disse al signor Aghios: – Per giudicare bisognerebbe lei sapesse tutto e non si può –. Guardò fuori della finestra i primi canali della Laguna.

Il signor Aghios ammonì se stesso come talvolta soleva: – Bada di non intrudere! –. Volle anche informare il giovinetto che non gli teneva rancore perché non voleva confidarsi a lui e disse, guardando anche lui fuori della finestra: – La Laguna qui sembrerebbe intaccare la terra ferma ed è invece la terra ferma che aggredisce la laguna. Guardi quei piani fangosi screpolati che giacciono all'aria. Neppur dieci anni fa erano ancora coperti di acqua –. E per lungo e per largo il signor Aghios raccontò della lotta secolare fra laguna e terra ferma e delle spese e fatiche che implicavano la conservazione della laguna. Perciò Venezia non poteva sopportare un secondo ponte con la terra ferma, perché ogni piuolo piantato nel fondo della Laguna adunava intorno a sé la fanghiglia, che altrimenti sarebbe andata via, e costituiva una nuova aggressione alla Laguna.

Era un nuovo vantaggio del viaggio per il signor Aghios. Egli sapeva da lunghi anni la storia della Laguna moribonda, che minacciava di finire, come quella di Ravenna, ma il male era che anche sua moglie la sapeva, avendo abitato con lui a Venezia e sentito lui parlarne tante volte. Il suo interlocutore invece, benché certamente veneto, della Laguna non sapeva nulla e stava a sentirlo con gli occhi spalancati, mormorando a mo' di scusa: – Io, a queste cose, non ci pensai giammai, perché ho da lavorare ogni giorno –. Ed il signor Aghios, sentendosi pervaso dalla gioia di poter raccontare, insegnare e inventare (non era mica vero che fosse occorso di deviare tanti di quei fiumi per proteggere la laguna!), non poté far a meno di ricordare che una persona che lo conosceva pochissimo, poco prima lo aveva designato di poeta. Come si scoprivano cose e persone in viaggio!

Il biondino sospirò: – Dio sa quello ch'io farò a Venezia fino alla mezzanotte, l'ora del mio treno.

– Anche lei parte alla mezzanotte? – domandò il signor Aghios.

– Sì – disse il biondino. – Vado per un affare a Gorizia e domani ritorno a Udine.

– E allora vuole che attendiamo il treno insieme? Io devo andare in piazza San Marco per una mezz'oretta. Se vuole tenermi compagnia, io la invito!

Il senso dell'ultima dichiarazione non ammetteva dubbio. Parve che il biondino volesse sottolineare l'evidente significato. – Io la ringrazio della sua generosità, ma non vorrei disturbarla.

Doveva conoscere bene il signor Aghios, quel biondino. Con quella sua risposta aveva proprio messo la firma a un contratto ed il signor Aghios aveva la religione del contratto. Quando egli aveva detto una parola vi si sentiva legato e inchiodato. Ora egli la parola d'invito l'aveva detta e l'altro aveva fatto segno di averla intesa. Non c'era la possibilità di ritirarsi.

Perciò il signor Aghios insistette. L'altro non ancora accettò.

Oramai ci si trovava in piena laguna. Da lontano si vedevano le luci di Murano che il signor Aghios tanto bene conosceva. Si fermò dall'insistere per parlare al suo nuovo amico di Murano e dei suoi vetri.

Uscirono dalla stazione dopo di aver messo le loro due valigette nel deposito contro una sola ricevuta.

Il signor Aghios aveva un piano ben definito. Avrebbe voluto andare col vaporino fino alla Riva del Carbon e da lì a piedi – per sgranchirsi un poco – a S. Marco. Era del resto l'unica via di Venezia che il signor Aghios avrebbe saputo camminare da solo e il suo compagno era a Venezia per la seconda volta, ma non ne sapeva gran che.

Si avviarono dunque al vaporino. Già il signor Aghios stava per presentarsi alla cassa, accompagnato dal suo nuovo amico che oramai lo seguiva senza aver ancora decisamente accettato il suo invito, quando si sentì chiamare: – Signor Aghios! –. Si volse. Era Bortolo, il gondoliere di Murano. Il signor Aghios lo salutò con grande affabilità: – Come va? Hai venduto la gondola, che sei qui con *la vita*?.

Il gondoliere, un uomo sulla cinquantina, alto e magro, tutto nervi e muscoli, la faccia rugosa illuminata da due occhi azzurri giovanili, fu affettuoso e cortese e, prima di rispondere, domandò notizie della salute del signor Aghios, poi della signora Eleonora e infine dei figliuolo. Poi, appena, dichiarò che la gondola era laggiù a sua disposizione: – Vorla degnarse? Andemo a S. Marco.

Il signor Aghios rise e propose di fare le condizioni. Domandò quanto avrebbe dovuto pagare per avere la gondola a disposizione fino alla mezzanotte, l'ora del suo treno.

Bortolo non volle fare delle condizioni. Era sempre così. Poi era difficile di contentarlo quando aveva compiuto il suo servizio. Quella gondola era simile a un locale di divertimenti, di cui il signor Aghios aveva sentito parlare, dall'ingresso libero visto che si pagava all'uscita.

Ma come sempre il signor Aghios s'adattò. Prima di parlare aveva preveduta la risposta, ma aveva voluto parlare anche lui per essere meglio armato per il momento in cui si sarebbe arrivati al pagamento.

Invitò il suo giovine amico a seguirlo e, guidati da Bortolo, scesero all'imbarcadero. Bortolo saltò in una peata, poi in una gondola e infine in un'altra ch'era la sua. Si rizzò con l'aspetto di un generale su un campo di battaglia e cercò il posto necessario per moversi e arrivare alla riva. Gridò a un suo vicino di moversi, ma l'altro dimostrò con parole vivaci di non poterlo fare. Infine Bortolo prese la sua decisione. Disse: – El sior Aghios xe abituà alla laguna e lo go visto far tuto el Rio della Canonica saltando de barca in barca. Lu po' (e si rivolse all'ignoto amico del signor Aghios) non so come che el se ciama, ma so che el xe zovine e el pol anca lu far sto salto. Vegno a aiutarli –. Ritornò alla prima barca ormeggiata alla riva e s'inginocchiò a poppa per offrire il suo braccio saldo in appoggio al signor Aghios che con facilità montò sulla peata. Fu seguito dal compagno un po' esitante. Più difficile fu il passaggio sul leggero sandalo che pur bisognava varcare. Anzi il giovine fu in procinto di cadere in acqua e trascinare seco Bortolo. Fu un brutto attimo da cui Bortolo uscì illeso e il giovanotto si fece male al ginocchio che era andato a battere sull'orlo del sandalo.

Bortolo non finiva più di esprimere il suo dispiacere per l'avvenuto. Diceva che non aveva saputo di aver da fare con un uomo che non conosceva le barche. – Me dispiase tanto. So che dolor ch'el e de fracassarsi l'osso sacro del zenocio.

Il nuovo amico del signor Aghios s'era accomodato nella gondola e si fregava ancora il ginocchio. Mormorò: – Non fa nulla. È stato proprio per colpa mia. Avrei dovuto far meglio attenzione –. E al signor Aghios, che anche lui s'informava come si sentisse, disse che non valeva la pena di parlarne.

Poi, mentre la gondola s'avviava sull'acqua trasparente, illuminata dagli ultimi bagliori dimenticati del sole già sparito, una sorpresa dolce, una carezza, venendo dal lungo viaggio traverso la campagna autunnale, il signor Aghios diede ordine a Bortolo di portarli in piazza per la via più breve. Al ritorno sarebbero passati per il Canal Grande.

– Io mi chiamo Giacomo Aghios – disse il signor Aghios volgendosi al suo vicino. Probabilmente era stato spinto a questa presentazione dall'osservazione fatta poco prima dal gondoliere dì non sapere il nome del giovanotto.

Questi strinse la mano portagli dall'Aghios ed esitò per un istante. Ma poi l'esitazione fu spiegata: – Strano! Anch'io mi chiamo Giacomo. Giacomo Bacis. Il nome rivela la mia origine friulana. Anche il suo mi pare? –.

– No! No! – disse il signor Aghios ridendo di cuore. – Io discendo da una razza molto più antica della celta.

– Greca? – domandò il Bacis ammirando.

Il signor Aghios annuì. – È comodo – disse – di appartenere ad un'altra razza. Così è come se ci si trovasse sempre in viaggio. Si ha il pensiero più libero. È così che quando si tratta di modo di vedere italiano io non sono d'accordo neppure col modo di vedere greco. L'ultimo greco col quale fui d'accordo è Socrate.

– Io – disse il Bacis, – sono di quei friulani che sanno due lingue e un dialetto. Sono in viaggio anch'io. – Rise per la prima volta dopo la stazione di Milano di un riso abbondante, quasi infantile, che lo portò subito più vicino al cuore del signor Aghios, il quale anche pensò: "Com'è intelligente il mio nuovo amico. Immediatamente intese intera la teoria che fa del viaggiatore una persona di eccezione, mentre io per elaborare un concetto tanto semplice impiegai quasi 60 anni".

Passato il Ponte della Ferrovia poterono gettare un'occhiata al grande canale. La modestia della penombra crepuscolare su quell'acqua e su quei marmi ne rilevava il colore e la linea. Subito entrarono nel rio dove le forme grandiose del canale si riducevano e variavano in motivi capricciosi ch'erano la continuazione, anzi, la integrazione della forte melodia che non ancora aveva liberato i loro sensi. Davvero a Venezia si può credere che di tutte le costruzioni grandiose siano avanzati dei pezzi e che tali pezzi siano serviti a costituire piccoli organismi, che all'altro somigliano nel dettaglio e ne differiscono radicalmente nell'espressione.

E la gondola della benevolenza (perché c'era lui, il signor Aghios, e il suo nuovo amico che egli sottraeva ad una grande tristezza e il gondoliere che tanto volentieri per lui vogava) procedeva nel rio oscuro, misterioso, allargantesi ora per una vasta marmorea scala d'approdo, ora ristretto fra mura sormontate dal verde, ancora evidente nell'oscurità, di alberi incredibilmente vivi nell'ambiente dell'acqua salata e delle pietre.

– Magnifico! – mormorò il Bacis.

All'Aghios batté il cuore dalla compiacenza. Era come se gli fosse stato indirizzato un ringraziamento vivissimo, il più fervido che la nostra lingua comporti. E a sua volta egli mandò un saluto riverente agli antenati pirati che sulle loro piccole piroghe erano corsi per il mondo a cercare oggetti preziosi per portarli nella loro strana casa e disporli in modo da renderli tutti ugualmente preziosi. Chi sa donde era venuta quella pietra bianca che nel rio scuro segnava dinanzi ad una porta l'altezza dell'acqua. Era possibile che in mezzo al combattimento il pirata si fosse fermato a guardare quella pietra intensamente, ricordando la propria abitazione dormente nel rio tranquillo e si fosse caricato del grosso oggetto solo per disegnare sulla casa già completa una linea nuova?

Il signor Aghios aveva una nozione molto superficiale della storia di Venezia e di Venezia stessa. Perciò con tanta facilità la sua scienza si convertiva in un sentimento. Anche dagli altri greci ogni ignoranza aveva creato il premio. Egli sapeva il nome di qualche palazzo, ma specialmente sapeva la differenza fra palazzi giacenti nei rii e quelli del Canalazzo dall'unica facciata adorna; magnifici quelli, alcuni però tronfi, in lotta con la magnificenza del loro contorno, mentre nei rii i palazzi erano quadrati e completi e s'adagiavano nel contorno, sua parte evidente. Non conosceva Venezia, ma la teoria su Venezia.

Poi il signor Aghios si dimostrò veramente incapace Cicerone. Era stato preso da un vivo desiderio del Rio di Noal, ch'egli non vedeva da vari anni e, in mezzo ai tanti rii per cui passarono e persino quando giunsero dinanzi alla Salute e a S. Marco, continuò a parlare di quel rio ampio, tranquillo e modesto, che non era stato addobbato da nessun altro che dalla propria vita tranquilla, la propria necessità di bellezza.

– Andiamoci! – propose a mezza voce il Bacis.

– Non si può – disse sospirando l'Aghios. – Adesso sono le otto. Perderemo sicuramente una mezz'ora in piazza. Poi ci vorrà, con questo benedetto Bortolo, più di un'ora per arrivare alla stazione e infine bisognerà anche mangiare qualche cosa, perché di notte con quel nostro treno non troveremo nulla fino a Trieste.

Del resto e nell'intimo dell'animo suo il signor Aghios lo riconobbe. Non sarebbe stato bene di vedere quella sera il Rio di Noal. Così desiderato da lontano, posto al disopra della piazzetta e della vista su S. Giorgio, diventava una cosa enorme. Lo adornava il desiderio e anche l'impossibilità di raggiungerlo.

E davanti al palazzo dei dogi il signor Aghios parlò ancora dell'unico ponte di legno che fosse a Venezia, situato anche quello nel *suo* Rio... Poi egli stesso s'avvide che non era possibile di continuare a parlare del Rio di Noal a chi non l'aveva mai visto e stava guardando la Chiesa di San Marco intento e raccolto.

Poi il signor Aghios parlò del quarto d'ora terribile di Venezia, non durante la guerra, ma molto prima, alla caduta del campanile, e descrisse il terrore che aveva provocato lo stato del Palazzo, l'allontanamento della Biblioteca e la chiavatura delle mura che danno sul Rio della Canonica, fasciature che rappresentavano il pericolo enorme e anche un dolore come di mal di denti.

Il signor Aghios propose al Bacis di lasciarlo dinanzi alla chiesa intanto ch'egli avrebbe fatto un salto alle Mercerie per eseguire la sua missione. E avviandosi il signor Aghios con piena sincerità pensò: "Egli vedrà Venezia meglio se lasciato solo. Già io, il poeta, non so dire nulla che valga a comunicare le mie impressioni. La storia non la so, lo stile non conosco. Dunque?". E ammirò che bastava la compagnia prolungata di un solo uomo per togliergli la grande libertà del viaggio. Ci poteva essere meno libertà che quella di essere costretto di parlare di cose che non si sapevano? E poi pensò: Non sarebbe perciò stato meglio di dividersi dal suo nuovo amico?. Gli sarebbe stato doloroso, perché egli era l'uomo dalle affezioni improvvise. E si levò dal dubbio pensando che per lui era meglio di passare la notte con persone che conosceva. Si toccò la tasca di petto.

Il signor Meuli, un uomo sulla cinquantina tuttavia biondo, ma calvo, grosso e curvo, era nella sua bottega occupato a fare qualche cosa di simile al bilancio della giornata in compagnia di un commesso. Esaminava delle annotazioni minute su un piccolo pezzo di carta, intanto che il commesso contava dei brillantini sciolti in una scatolina divenuto.

Vedendo entrare l'Aghios non sospese il lavoro, ma tenendo sempre d'occhio la cartina e il commesso gli domandò: – Qual buon vento ti porta?.

Il signor Aghios gli disse la missione da parte della moglie. Gli portava così un affare di oltre centomila lire, ma non parve che il Meuli ne fosse molto felice. Anzi assunse lui un faruccio di protezione e dichiarò: – Sono ben contento di non essermi impegnato per quel vezzo di perle. Allora resta stabilito così! Metto in disparte quel vezzo di perle per l'amica di tua moglie e non se ne parli più –. Poi: – Ti fermi a Venezia? –. L'Aghios gli rispose che doveva partire a mezzanotte.

– Con quel treno merci? – esclamò il Meuli stupito.

– Non si poteva fare altrimenti. Arrivai a Venezia alle 20 e il treno celere per Trieste era partito alle 18. Io debbo essere a Trieste domattina di buon'ora.

Il Meuli lo guardò ridendo. La persona dell'Aghios gli pareva tanto lenta, che gli pareva impossibile fosse spinta a tanta fretta.

L'Aghios uscì da quella bottega un po' stupito di aver trovato il Meuli più curvo del solito e anche più cereo. "Che stia male? Era un uomo tanto occupato a far denari che poteva anche morire senz'accorgersene. "

Già la morte era il presupposto della vita e quando si trattava di un uomo come il Meuli non bisognava dolersene troppo. Non che l'Aghios gli augurasse la morte, tanto più che il posto lasciato libero dal Meuli sarebbe stato occupato da un altro Meuli, ma questo Meuli qui non aveva nessuno che lo avrebbe rimpianto troppo acerbamente. Lasciava alcune povere sorelle che finalmente con la sua morte si sarebbero arricchite.

Il Meuli era stato compagno di scuola nelle elementari a Trieste. Poi aveva cominciata una sua vita avventurosa traverso tutto il mondo. Egli non amava parlarne molto, ma si diceva ch'egli fosse stato persino aguzzino di schiavi sull'isola di Giamaica. Insomma era ritornato a Trieste senza un soldo e scalcinato. Portava con sé qualche cosa d'altro: Sapeva parlare correntemente sette lingue senza saperne scrivere una sola. Il signor Aghios, che pur sapeva l'inglese, rimase stupito al sentirlo discorrere in quel linguaggio con un cliente. Come pronunzia pareva che la parola uscisse da una bocca anglo–sassone. Era probabile ch'egli non conoscesse che quelle poche parole che proprio gli occorrevano, per salutare e imbrogliare, ma era tuttavia meraviglioso per il signor Aghios che studiava da tanti anni l'inglese e che quando apriva la bocca era come se l'avesse tenuta chiusa perché nessuno l'intendeva.

Il moderno pirata aveva portato a casa anziché il sasso con cui addobbare la propria casa, sette lingue con cui costruirla. Ma bisognava trovare il modo di sfruttare le sette lingue in luogo ove non fosse domandato di saperle anche scrivere. E con occhio da uccello da preda il Meuli scoperse il punto del globo più internazionale del mondo, piazza S. Marco. Bisognava calare colà. Ma non era facile, perché sarebbe stato grave arrivarci così e senza un soldo in tasca. Qui intervenne l'Aghios con una di quelle sue buone azioni che gli scaldavano la vita: Regalò al Meuli alcuni suoi vestiti, un paio di stivali e della biancheria e contribuì anche a rifornirgli le tasche.

Passarono degli anni e il Meuli fece la carriera chiacchierando con gli stranieri un centinaio di parole per ogni lingua e vendendo loro dapprima dei merletti e poi dei brillanti. Un bel giorno il signor Aghios ebbe per un istante l'animo pieno di gratitudine per sua moglie. Ciò gli avveniva qualche volta. S'accorgeva d'aver pensato poco a lei e nello stesso tempo ch'essa per lui assiduamente aveva lavorato. Quella volta però il caso volle, ch'egli si trovasse in tasca più denaro del solito. Decise di darle in regalo un vezzo di perle. Non s'intendeva affatto di quegli oggetti il signor Aghios, ma ebbe una trovata: il Meuli era tale suo vecchio amico e gli doveva tanto ch'egli di lui poteva fidarsi. Gli commise perciò l'acquisto e quando il gioiello arrivò lo presentò senz'altro alla moglie. La signora Eleonora gradì il dono, ma nello stesso tempo in cui ringraziò il marito volle saperne il prezzo e urlò subito che il Meuli l'aveva truffato. Quel vezzo di perle rappresenta un'adunanza di perle gobbe dalla gobba di tutte le varie grandezze e in tutte le direzioni.

Il signor Aghios s'adirò e corse a Venezia. Riebbe con facilità i suoi denari ma non gli bastò e volle delle spiegazioni dal Meuli, il quale infine, con una certa tristezza, gli disse che i gioielli non si comperavano per lettera. Specialmente per le perle non bastavano pesi e misure. Ricevendo un ordine simile, l'animo di un vecchio gioielliere naturalmente accettava il raro dono che la Provvidenza gli offriva.

Finché l'affare non fu liquidato, del beneficio antico che il signor Aghios gli aveva reso non fu parlato, ma una volta il Meuli ardì di vantare la sua grande correttezza per cui subito aveva accettato di annullare un grande affare conchiuso. Il signor Aghios non poté sopportare in silenzio una cosa simile e gli ricordò il suo beneficio che al Meuli aveva reso possibile di *calare* a Venezia ad afferrare il suo bottino. Il Meuli socchiuse gli occhi come se avesse voluto costringerli ad un grande sforzo per penetrare nella notte dei tempi. Si ricordò e sorridendo disse: – Era a quel tuo beneficio ch'io dovevo la preferenza che volevi accordarmi? A questo mondo la più bella posizione è quella di essere un beneficato.

Il signor Aghios rimase incantato dall'osservazione acuta e conservò la sua amicizia all'amico sconoscente. Costui, evidentemente, almeno in una lingua, sapeva dire delle cose fini. Però, quand'ebbe a trattare con lui degli affari, tenne gli occhi aperti. Così fra loro due tutto fu chiaro e la loro amicizia non s'offuscò per la brutta avventura.

Il Bacis era nel mezzo della piazza tuttavia ammirando e l'Aghios lo raggiunse.

– Adesso – propose – c'imbarchiamo sulla nostra gondola e facciamo una gita magnifica fino alla stazione.

S'avviarono. Della storia di Venezia l'Aghios sapeva con precisione una cosa: L'incendio del palazzo ducale e la sua data. Era stato rifatto in furia? Avviandosi alla piazzetta l'Aghios pensò: "Dovrò pur verificare se sono bene informato". Dinanzi a quella leggiadra costruzione, una festa che nessuno penserebbe contenere anche la tristezza dei piombi e dei pozzi, l'Aghios fece osservare al Bacis la disformità fra finestre e finestre e il grande balcone al centro. La parte più ricca era quella ch'era stata risparmiata dall'incendio. Avevano voluto risparmiare nella ricostruzione o avevano inventato qualche cosa di nuovo? Certo non avevano cercato di celare tale disformità, perché appariva già dalla posizione, della nuova costruzione. Oh! come l'Aghios amava quel palazzo in cui gli pareva che si fosse sposata Venezia sontuosa e Venezia modesta! Ecco un'opera ch'era diventata intera per effetto di una forza naturale: Il fuoco. Ed un ministro d'Italia aveva proposto di rifare il palazzo com'era prima dell'incendio, ma chi accanto al palazzo era cresciuto vi si era rifiutato. Oggidì, se vi fosse un incendio a Venezia o altrove, non vi sarebbe altra salvezza che ritornare al disegno antico come si fece col campanile, ma prima? Prima l'incendio non poteva essere che un'occasione a variazioni sull'antica pianta, viva ancora tanto da saper ricrescere.

Montarono in gondola aiutati dall'uomo del bastone, sempre pronto a Venezia in tutti i traghetti. Il pesante signor Aghios fu ben lieto dell'aiuto e beneficò sorridendo il buon uomo che si dimostrò molto servizievole. Quando fu seduto accanto al Bacis gli disse: – Quest'uomo del bastone è una vera necessità di Venezia e, come tante altre cose di Venezia, a chi non la conosce pare superflua.

Come passarono il signor Aghios disse i nomi dei palazzi che conosceva. Più volte fu corretto da Bortolo, che dall'alto seguiva la conversazione come se fosse stato seduto in gondola. Il mezzo più lento di locomozione di questo mondo è la gondola a un remo, perché una parte della forza del gondoliere va spesa nell'arresto e si procedeva lentissimi, non più presto che in un museo.

Al signor Aghios non importò affatto di dover apparire – causa le correzioni del barcaiolo – meno dotto. Egli aveva nel suo animo altre ricchezze di cui non gl'importava di parlare. Nel silenzio del Canalazzo s'imprimeva indelebile nel suo animo quella notte oscura, ma dalla luce ancora sufficiente per vedere le tante cose che brillavano. E fra tutte brillava anche quella barca della benevolenza con Bortolo, giovanile e sicuro, infitto perpendicolare a poppa e quel giovanotto accanto a lui, cui egli aveva saputo procurare una mezz'ora di svago dal suo grande dolore. Non di più, perché poco prima il Bacis aveva emesso un sospiro che somigliava ad un singhiozzo. L'Aghios aveva trasalito a quel suono di dolore. Rimase un momento incerto se doveva usare una parola di conforto, ma poi preferì di tacere. Non bisognava intrudere.

Ora il Bacis s'era abbandonato nella gondola come poco prima nell'angolo del vagone ferroviario. E per lungo tempo tacque. Sorprese e commosse il signor Aghios con una perorazione che doveva aver pensato per lungo tempo: – Certo io non sono la compagnia che lei, signore, meriterebbe. È questa la giornata più triste della mia vita e non dimenticherò mai più ch'ella, con la sua bontà, volle rendermela più sopportabile. Se lei non fosse intervenuto io m'aggirerei adesso attorno a quella triste, tristissima stazione.

– Eh! No la xe tanto trista quela stazion! – intervenne Bortolo di buon umore. – Basta saverse orizontar! Da rente ghe xe un boteghin de vin de quelo... – e staccò dal remo la destra per portarsela alla bocca e stamparvi un bacio.

Il giovanotto non rispose. Anche il signor Aghios tacque, per quanto gli dolesse di non saper premiare neppure con una parola lo sforzo di divertirli fatto dal povero Bortolo.

– Vedrà – disse improvvisando "che alla giornata più triste della vita ne seguono altre lietissime.

– Non è possibile! – disse vivacemente il Bacis.

– Eh! i zovini credi sempre d'essere in ultima malora! – borbottò Bortolo. – Daché mondo xe mondo a quel età se se copa una volta al giorno.

Quest'intervento era meglio riuscito del primo. Con un sorriso l'Aghios si rivolse al gondoliere: – Eppure fra voialtri gondolieri i suicidii sono rari anche da giovani.

Il gondoliere ci pensò un istante prima di rispondere e si curvò innanzi per un colpo vigoroso del remo. Poi, rizzandosi, confermò: – Xe proprio vero! –. Si sporse ancora una volta inanzi, lento e riflessivo. Poi sciando: – Noi poareti semo tanto abituai a difender la nostra vita che non la demo via per gnente".

Con vigore, ma a bassa voce in modo da non esser sentito dal gondoliere, il Bacis avvicinandosi all'orecchio del signor Aghios disse: – Anch'io sono un *poareto*, ma il mio dolore è tale che della vita che sempre difesi non so più che farmene.

Era un dolore iroso che in quelle parole si manifestava. L'Aghios però poco pensò a quel dolore, ma subito, spaventato, a se stesso. Aveva fatto, bene di accollarsi un compagno simile, che poteva magari ammazzarsi a lui da canto. Oh! quanto gli sarebbe stata più cara la compagnia della moglie!

Anche lui con voce bassa, ma angosciata, disse al Bacis: – Io spero bene che in mia compagnia ella non si abbandonerà ad alcun atto contro la propria vita.

– Oh! sia tranquillo! – assicurò il Bacis. – Ho promesso d'essere domani a Udine e certamente domani sarò a Udine. Poi... io non muoio volentieri. Prima di tutto la speranza l'ho tuttavia. Lei è stato tanto gentile con me che le racconterò tutto quando saremo soli. Vedrà! Io amo e ho tradito l'amore. Non sarebbe neppure un'azione decente quella di sparire ora. Le racconterò tutto. Già, rivelando il mio segreto a lei, io non comprometto nessuno. Lei domani avrà dimenticato il mio nome e tutta l'avventura.

Il signor Aghios non protestò. Egli sapeva che del viaggio poco si ricorda. Passano fisonomie e s'accumulano confuse in un cantuccio della memoria, diventando collettività, nazioni, sessi, mai individui. Come nel sogno, ch'era tanto difficile di ricordare, perché piombava dalla notte oscura in un lampo di magnesio in cui s'agitavano cose e persone. Ecco, in un vagone si discorreva e tutto quanto si diceva aveva un sapore di teoria vaga, in quella vettura tanto simile a tutte e passando traverso un paesaggio che a quella vettura non apparteneva. Vero è: Vent'anni prima una giovinetta, ch'egli non aveva mai vista, s'era gettata durante la notte dal vapore in una cabina del quale egli aveva dormito. Per il fatto d'essere stato in quel piroscafo egli non dimenticò più il nome di quella giovinetta e la immaginava come, caduta in acqua e forse tuttavia galleggiante, guardava allontanarsi il piroscafo illuminato che l'abbandonava alla notte e alla morte. Alla mattina c'era stata una inchiesta a bordo ed egli nel rispondere aveva balbettato, sentendosi colpevole di aver dormito quando avrebbe potuto procurare il soccorso alla giovinetta forse già pentita dell'atto inconsiderato e che forse, prima di essersi rassegnata alla morte, aveva anche domandato aiuto ad alta voce. Ma qui c'era stata l'avventura rara e importante ch'è la morte. Tutto il resto aveva dimenticato. Certo non le sue osservazioni sulle belle donne, sui cani, sui gatti e persino sugli uomini. Non la fisonomia! Era difficile (almeno a lui) di ricordare una linea e invece facilissimo di ritenere un'espressione.

Il Bacis aveva richiuso gli occhi e s'era abbandonato sul cuscino. Il ricordo troppo vivo del proprio dolore l'aveva allontanato da Venezia.

E il signor Aghios lo lasciò tranquillo e si abbandonò alle proprie riflessioni. Costui aveva amato e tradito! In quelle parole c'era una tale sintesi di avventura umana che al signor Aghios parve di trovarsi di nuovo a guardare sul destino umano da un treno lanciato a piena velocità e di non arrivar a vederne altro che quella parte comune a tutti i mortali.

Nel grande silenzio della Laguna, dove egli non scorgeva altra vita che quella rinchiusa in quella gondola, ch'era in certo modo non la vita stessa, ma l'occhio che la guardava, il signor Aghios poté rifigurarsi, ad onta dei palazzi granitici fra cui passava e che non necessariamente implicavano la vita, l'assenza di vita su tutto il pianeta. Pochi giorni prima egli aveva letto in un giornale che oramai si riteneva che quando la terra era già abitabile, per un caso qualunque era stata infettata di vita da un altro pianeta. Dopo tutto si spiegava: I piccoli animali arrivati quaggiù liberamente si misero ad amare e tradire e invasero tutto, il mare e la terra, per svilupparsi e continuare ad amare e tradire in ogni loro stadio.

– Mi stago atento de no far susuro col remo per no sveiarve – disse Bortolo, cui era duro di star zitto per tanto tempo.

Sì! Non era giusto di traversare muti la Laguna e nello stesso tempo di dimenticarla. Si passa dinanzi a Palazzo Pesaro, bruno tempio dalle pietre quadre, ma consacrato all'arte, e ad alta voce il signor Aghios menzionò il nome di Umberto Veruda, il grande pittore triestino il cui capolavoro vi dormiva.

Il Bacis aperse gli occhi per un istante e li richiuse subito. Ma il signor Aghios da quel ricordo si sentì vivificato. La Laguna apparteneva a tutti i veneti ed anche a lui. Era il pertugio per cui essi arrivavano al grande mondo.

Perché da tanta altezza egli improvvisamente scese tanto in basso da ricordare di nuovo il Meuli, l'uomo dalle sette lingue? Forse pel desiderio di svagare il suo compagno, che non pareva ormai più accessibile alle cose belle fra cui si movevano e, senza farne il nome, raccontò la sua avventura col Meuli, cioè il beneficio che gli aveva reso e come ne era stato compensato.

– Scometo – disse Bortolo – che de quela figura ludra de ... – E nominò un altro gioielliere.

L'Aghios protestò, ma Bortolo insisteva – Mi lo conosso! El xe proprio capaze de un'azion simile.

– Ma insomma non può essere lui, visto che non è triestino – disse l'Aghios impaziente. Per nulla al mondo avrebbe voluto lasciare una calunnia come traccia del suo passaggio per il Canalazzo.

– El xe de Corfù, ancora pezo – si lasciò sfuggire Bortolo. L'Aghios rise di tanta ingenuità, in persona che certamente lavorava e anche parlava per vedersi aumentata la mancia.

– E lei tratta tuttavia con quell'individuo? – domandò il Bortolo con vivo interesse.

– Altro che! E ben volentieri! È un buonissimo gioielliere; ha delle bellissime cose ed io gli raccomando tutti i miei amici avvertendoli di stare in guardia."

– El devi aver tanti amizi castrai – disse Bortolo, dando alla gondola un bello slancio, puntando il remo al fondo del canale.

L'Aghios rise di cuore. Poi spiegò al Bacis ch'egli era stato conquiso dalla bella, calma filosofia del Meuli. – È una grande scoperta, quella di mettere a frutto un beneficio avuto –. L'Aghios rise di cuore: – Io do, eppoi do ancora, ecco che i conti si pareggiano.

– Lei è un uomo straordinario – disse il Bacis con voce profonda. Non richiuse più gli occhi, ma parve immerso in riflessioni profonde e quando l'Aghios gli fece vedere il palazzo Labia sottrarsi per una modestia veramente eccessiva al Canalazzo e gli raccontò che, secondo una leggenda, attorno ad esso, nel rio, doveva esserci sepolto del vasellame d'oro, che ad ogni banchetto vi veniva gettato, il Bacis lo degnò di un'occhiata distratta.

Allo sbarco l'Aghios domandò a Bortolo quanto gli dovesse. Bortolo dichiarò d'affidarsi nella generosità del signore. Quando il signor Aghios ebbe fatto quanto stava in lui per apparire generoso, Bortolo osservò: – Tuto va ben, ma Ela no ga pensà che a sta ora me toca tornar solo soleto fin a Muran. Merito qualche cosa anche per questo –. E visto che il signor Aghios non pareva molto convinto della giustezza dell'osservazione, Bortolo osservò: – Prometo de passar per el Rio de Noal e de telegrafarghe. Mi no savevo gnanca che el sia tanto belo. Lo guardarò per la prima volta –. Questo piacque al signor Aghios e lo stimolò a maggiore generosità.

La stazione era pressoché vuota. Al *Restaurant* vi erano occupati tre tavoli e da gente che non pareva accingersi al viaggio visto ch'erano privi di bagagli. Non una donna. Dietro il banco alla cassa ve n'era una sola e vecchia.

Del resto il signor Aghios era ansioso di sentire le confidenze di Bacis ed era tutt'intento ad un'attività negativa: Impedire a se stesso di fare un cenno o dire una parola che potesse essere interpretata come un incentivo al Bacis di fare tali confidenze. Non c'era più tempo di guardarsi d'attorno. Il signor Aghios non si trovava in viaggio, ma in una casa. Se nel frattempo il giovanotto avesse deciso altrimenti, egli non avrebbe cercato di farlo desistere. Era un sacrificio, dopo di aver già sacrificato qualche cosa al Bacis e alla sua tragedia. Ma non bisognava fare errori, perché gli errori che si commettono in viaggio sono irreparabili. Le persone che si assistono non si rivedono più e non v'è più riparazione possibile.

Un momento perdettero col cameriere. Il signor Aghios ordinò della carne fredda e del vino. Avevano ancora molto tempo perché, benché la gondola fosse stata contrattata fino alla mezzanotte, Bortolo aveva fatto in modo di liberarsi dal suo fardello alle undici. Il Bacis accettò un pezzo di pane e un pezzo di carne che il signor Aghios gli porse, ma non ne ingoiò che qualche boccone sollecitatovi più volte. Invece vuotò quasi senza accorgersene molti bicchieri di vino, proprio nel corso del discorso cui i bicchieri servivano quasi d'interpunzione. Per imitazione e lui pure senza accorgersene, ne bevette molto anche l'Aghios.

Non c'era pericolo che l'Aghios perdesse le confidenze. Fu un fiume di parole da cui fu investito. Da bel principio irruenti parole, come se fossero giaciute contenute da troppo tempo in gola.

– Io avrei già parlato in gondola. Ma c'era quel gondoliere. Dio mio! Che uomo insopportabile! Certamente disturbava così per rendersi gradevole e farsi aumentare la mancia. Io avrei voluto levarmi in piedi senza ch'egli se ne accorgesse, avvicinarlo e spingerlo in acqua.

Il signor Aghios era tutt'intento ad esaminare la faccia che gli era rivolta e ch'egli vedeva per la prima volta con tanta esattezza. Era una faccia d'adolescente su cui stonava l'ira energica che gli si manifestava e che faceva lampeggiare i suoi occhi azzurri, grandi, ben disegnati, sani perché la cornea ne era nivea, senz'alcuna trasparenza di sangue o di fiele. I capelli biondi, abbandonati, di cui un riccio ricadeva sulla fronte così che il Bacis aveva il bisogno di allontanarveli con la mano, a volte in quella luce rosseggiavano. Una lieve peluria copriva il labbro ed era strano che da una persona vestita di un abito netto, accuratamente ripassato e una camicia di bucato, la barba non fosse fatta da varii giorni, forse un segno della tragedia che gli veniva raccontata.

Il signor Aghios non poté trattenersi dal difendere il povero Bortolo: – Poverino! Fa quello che può!

Il Bacis prima di ammetterlo dovette pensarci un momento. Poi riconobbe che il signor Aghios aveva ragione e mormorò: – Certo ognuno a questo mondo fa quello che deve. Forse anch'io così e certo allora sarei meno infelice.

"Anch'io" pensò il signor Aghios e, per esserne sicuro, trangugiò un bicchiere di vino. Poi non fu facile al signor Aghios di seguire parola per parola tutto il racconto del Bacis. Il Bacis era costretto ad abbassare la voce per non essere sentito dagli altri. Poi, come il tempo passò, la stanza si vuotò del tutto e di stranieri non vi rimase che la vecchia signora dietro al banco e abbastanza lontana da loro. Allora il Bacis di tempo in tempo elevò di troppo la voce e fu peggio. Un timpano vecchio come quello del signor Aghios, per ragioni ovvie, non sa percepire il suono lieve. Ma non sa nemmeno analizzare e disarticolare il grido forte se vi è impreparato. Però l'effetto dell'esposizione non fu danneggiato da tale sua sordità. Il grido e il pianto possono perdere del loro effetto se la parola che li accompagna non è adeguata.

L'insieme del racconto fu da lui inteso. Non si trattava di una storia troppo complicata. Il Bacis era un milanese di origine friulana che a 17 anni era stato chiamato da un cugino della madre a Torlano nella Carnia per essergli d'aiuto nella direzione di un'azienda agricola. Ora questo cugino aveva una sola figliuola, Berta, e da bel principio, per una tacita intesa di cui anche il giovanotto sapeva, egli avrebbe dovuto sposarla e succedere nella proprietà dell'azienda che amministrava. Il giovanotto non l'amava. Sentiva anche una certa antipatia per il carattere imperioso e presuntuoso della giovinetta, ma spintovi dall'interesse, ch'è tanto potente in tanti giovani cuori, amava l'azienda e la giovinetta dello stesso amore.

– Probabilmente il suo fisico non le piaceva – disse il signor Aghios che sapeva la vita. – Quando una donna non piace è sicuro che ha un carattere disgustoso.

– Può essere! – disse il Bacis con una certa fretta di eliminare un'idea che gli toglieva il corso del suo pensiero. Ma poi non seppe procedere senza aver proprio distrutta quell'obbiezione che gli si attaccava ai piedi e gl'impediva il passo. – Prima ch'io amassi Anna io amai un'altra donna...

– Chi è Anna? – interruppe il signor Aghios.

– Anna è la nipote del padre di Berta. Quella che m'impedì di tenere gli occhi chiusi e di sposare Berta senz'accorgermi ch'io non sapevo amarla. Ma non sapevo amare Berta proprio per il suo carattere. Prima di Anna io amai un'altra, non so quando, proprio nella mia prima infanzia, ma so che anche quest'altra era debole, debole, dolce, dolce, bisognosa di protezione e più disposta al pianto che alla lotta.

– Insomma sottile, sottile – disse il signor Aghios che intendeva benissimo avendo avuto gli stessi gusti. Non s'accorgeva il signor Aghios di restare ostinatamente fermo nella sua prima idea e di correre perciò il pericolo di fermare il racconto del Bacis.

– Sottile, sottile! Sì, anche sottile – disse il Bacis arrendendosi. Il signor Aghios sospirò soddisfatto di aver indovinato.

Il giovinotto aveva visto spesso Anna accanto alla fidanzata, ma non se ne era subito innamorato. Era una bambina, una vera bambina a quattordici anni. Di adulta c'era in lei la grande soggezione ai ricchi parenti, un calcolo dunque da persona molto ragionevole. Ma a quindici anni anche tale soggezione divenne ancora più da adulta, cioè s'ammantò di un po' di tristezza e divenne dolorosa per certi lievi scoppii di ribellione subito repressi, ma non abbastanza prontamente per sfuggire ai parenti che perciò la odiavano. Era vestita più dimessamente di prima, ma ogni straccio sul suo corpicino diventava importante.

Il signor Aghios aveva già bevuto abbastanza per sentirsi capace di conservare tutta la libertà di cui aveva goduto quasi tutto il giorno anche di fronte ad un interlocutore tanto veemente.

Con l'esperienza di chi molto amò e desiderò, ma nello stesso tempo con la parola pacata del vecchio ch'è simile all'uomo oggettivo chiuso nel laboratorio con gli elementi che rubò alla vita, osservò: – Questi stracci appiccicati alla donna amata diventano una sua estensione. È come porre su una fiamma un pezzettino informe di metallo. Quando s'arroventa emana la stessa o anche una maggiore luce della fiamma stessa. C'è una differenza però. Tutti vedono la luce. Non tutti la bellezza di quegli stracci. Grande differenza!.

Il Bacis tracannò un bicchiere di vino per poter restare col pensiero al proprio discorso. Ma con l'Aghios un bicchiere non bastava, perché era un uomo che in viaggio voleva vederci chiaro.

– Perciò io credo che quegli stracci siano piuttosto simili a certi colori la cui bellezza è sentita dai soli artisti o dagl'intenditori. Già! È evidente! Solo chi ama è un intenditore. – E anche il signor Aghios bevette per premiarsi di tanta acutezza.

– Ma tutti dicevano che Anna coi mezzi più semplici era vestita splendidamente.

Poi il Bacis fu anche più irruente per non dar tempo al signor Aghios d'intervenire.

Ma ora parlò chiaramente e sempre con la stessa bassa voce quasi vergognandosi di se stesso, così che il signor Aghios percepì ogni sua sillaba.

– Chi era Anna? Una serva. Chi ero io? Non sapevo di essere uno schiavo disgraziato. Venivo già trattato quale il figlio del padrone. Non si poteva ragionevolmente pretendere ch'io rinunziassi all'alta posizione che mi veniva regalata. Perciò io decisi di godere Anna e sposare Berta. Con lento proposito. Ogni mattina levandomi il mio problema era: Che cosa farò io oggi per conquidere Anna? Senza che altri se ne accorgesse io la circuii delle mie attenzioni. Fu facilissimo ottenerla! Non ci fu altra difficoltà che di trovarla sola, scavalcare un davanzale. Ancora adesso non capisco! Tutti a Torlano l'ammiravano per la sua modestia, la sua ritenutezza, la sua religione. Questa facilità forse m'attaccò tanto a lei, fu la mia sventura e, se Dio m'aiuta, sarà la sua salvezza. Perché si fidò, di me, così subito? Fu ingannata dalla sincerità della mia carne? Sa spiegarlo lei ch'è un filosofo?

La mente intorpidita del signor Aghios fu scossa da quelle parole del Bacis: Sincerità della carne. Un turbine d'idee sorse da quelle parole. Era la sincerità delle bestie la sincerità della carne, ma anche da esse questa sincerità non durava che un attimo e non rappresentava un impegno. Il Bacis aveva però macchiato quella sincerità, perché in quel medesimo istante egli aveva pensato di simulare. Anche quella sincerità da lui non aveva servito che a tradire meglio.

– A me lei dà del filosofo nello stesso istante in cui ella fabbricò questa terribile idea della sincerità della carne contraddetta dalla falsità di un'altra parte del corpo ch'è anch'essa carne, carne evoluta!

– Io non ho tempo di pensare a tali cose – disse il Bacis stringendosi nelle spalle. – Io non penso mai; io ricordo per soffrire. Avvenne proprio come le dico. Essa mi sentì sempre sincero ed io sempre seppi di tradirla. Io non credo di aver saputo fingere. Il mio volere fermo di sposare la fortuna, non me ne lasciava il tempo. Se avevo anche sempre pronte le parole per avvisarla ch'essa doveva restare l'umile serva mia e di mia moglie. Pensavo proprio di dirle che di giorno avrebbe potuto continuare a servire mia moglie e qualche notte avrebbe dovuto accogliermi nel suo letto. Per qualche tempo solo, finché ne fossi stato ben sazio. Non dissi tutto ciò solo perché tutto mi pareva sottinteso. Non c'era fretta. E se non ci fosse stato questo mio sciocco cervello ch'è fatto altrimenti di quello che dovrebbe, io avrei potuto fare la mia vita più lieta e più comoda per sempre. Non Anna mi rese infelice, ma questo mio stupido cuore.

E il Bacis continuò dicendo che in quel torno di tempo gli capitò la notizia che suo fratello, cassiere in una banca, aveva commesso una cattiva azione che avrebbe potuto costare la vita alla loro madre. La madre supplice si rivolse a lui pregandolo di procurare lui le diecimila lire che occorrevano per salvare l'onore della famiglia. Egli senz'altro comunicò la cosa al padre di Berta che già considerava suo padre. Costui diede subito le diecimila lire, ma volle che Berta ne fosse informata e sapesse che tale importo andava in deduzione della dote. Così egli si trovò d'essere ufficialmente fidanzato di Berta. – Non ci furono molte parole né con Anna per divenirne l'amante, né con Berta per divenirne il fidanzato. L'anticipazione sulla dote era proprio da Berta la stessa cosa che Anna m'aveva concesso permettendomi di godere del suo corpo. Così io passai tutti i miei giorni con Berta e tutte le mie notti con Anna. Il grande casamento vastissimo e disadorno in cui vivevamo era proprio fatto per organizzarvi la mia doppia vita. Ad un'ala c'era l'ufficio e l'abitazione della famiglia più Berta. Al di fuori dell'ufficio dormivo io in una stanza a pianoterra. All'altra ala, circondata da stanze in cui dormivano famigli e serve stanchi del lavoro della giornata, c'era la stanza di Anna. Avevamo tre cani di guardia, che m'accompagnavano festosamente ma muti nella mia corsa da una parte della casa all'altra. E di giorno io ad Anna non pensavo. Quando l'intravedevo umile, intenta alle sue faccende, pensavo: "Aspetta! Godrò di questa tua umiltà questa notte. Adesso non c'è tempo di pensarci". E con Berta poco o nulla si parlava d'amore. Ma ci trovavamo uniti nello stesso pensiero di allargare il nostro possesso. Già! Quello che nelle vostre città è l'avidità di denaro, da noi in campagna è l'avidità di terra. E quando si parlava delle nostre conquiste future (volevamo far salire sui colli il nostro possesso tutto in pianura) Berta diceva: «Quando Ugo (mio fratello) ci restituirà le quindicimila lire...». Essa non dimenticava le quindicimila lire!» – Al signor Aghios parve che dapprima si fosse parlato di sole diecimila lire. Volle rettificare, ma poi gli parve cosa inconferente.

In tutte le loro speculazioni di terra e di prodotti erano guidati da un vecchio contadino, Giovanni, assurto per la sua astuzia e fedeltà al rango di consigliere. Riceveva la stessa paga come quando irrorava del suo sudore i campi (e non più), ma era l'anima dell'azienda. Il signor Aghios tese l'orecchio, perché il Bacis dedicava tante parole a quell'umile uomo che si capiva doveva finire per giocare una parte importante nell'avventura che gli veniva raccontata. Era avido come i padroni, ma solo per loro. Un vero cane fedele. Il padrone era il padrone e quando s'abituò a considerare anche il Bacis quale padrone, più padrone di tutti perché più giovine, doveva rimanere suo padrone per l'eternità della sua vita, s'investì dei suoi interessi anche quando potevano collidere con quelli del suo legittimo padrone, il padre di Berta, e Berta stessa che quale donna non poteva essere la prima nel comando.

Presto Anna si sentì madre. Lo disse al Bacis senza domandare nulla ed anzi giocondamente, nella certezza che ciò fosse un nuovo anello della catena che li univa. Non le era stata detta una parola in contrario e innocentemente essa pensava che tutto dovesse svolgersi nel modo più naturale. Il Bacis non ne fu molto turbato. Il suo primo pensiero fu anzi che ormai si dovessero accelerare le pratiche per il suo matrimonio con Berta. Dopo, quale padrone, avrebbe potuto facilmente far crescere quel bastardo all'ombra del casone senza riconoscerlo e senza curarsene. Un bambino che non si ama costa in campagna pochissimo. Poi cresce e produce. L'unica seccatura fu che la giovine madre fu meno amorosa. Si sottometteva per vero, grande amore. Ma se poteva si sottraeva e, se lasciata libera, domandava di essere risparmiata.

– Già! – interruppe il signor Aghios. – Madre natura creò il Piacere per garantire la riproduzione. Una volta garantita questa, se il piacere tuttavia persiste è per dimenticanza come dagli insetti certi colori che persistono talvolta anche quando la stagione dell'amore è passata. Non si può mica essere tanto precisi in un'azienda tanto vasta.

– Può essere sia così, – disse seccamente il Bacis. – Ma anche qui ci fu una dimenticanza. Perché madre natura dimenticò di spegnere l'incendio anche da me?

– Oh! bella! – disse l'Aghios e furono parole dettate dal vino. – A madre natura non sarebbe mica spiaciuto che voi aveste, procurato un bimbo anche alla Berta. Essa ha sempre a fare. Siamo in tanti! Non elimina che chi non serve più.

–Mai! Mai! – gridò il giovine con veemenza. – Berta, la nemica, la sprezzatrice di Anna!

Il signor Aghios rimase scosso. Egli ora sapeva come la storia sarebbe finita. Il Bacis stava dinanzi a lui, acceso, innamorato, disperato, il vero ultimo capitolo del romanzo. Non avrebbe più bisogno di sentire altro.

Il Bacis continuò il suo racconto con una certa fretta di finire. Anna dopo averlo respinto quale amante, in un certo modo, lo privò anche del suo amore, del suo grande amore che s'era manifestato prima di tutto nella sua assoluta discrezione e nella sua rassegnazione alla parte ch'egli le aveva attribuita. Poi lo tradì confidandosi a Giovanni. Giovanni, da cane fedele, parlò col Bacis e gli propose di far sposare la fanciulla da un giovanotto loro contadino, ma zotico, nato apposta per quella parte.

– Ciò avvenne – disse il Bacis – nove giorni or sono. – Contò sulle dita: – Sì! proprio, lunedì facevano gli otto giorni. Pare impossibile! Io allora ero ben altro uomo, perché ringraziai Giovanni e consentii al suo piano. La mia metamorfosi cominciò la sera stessa quando bussai alla porta della giovinetta e non mi fu aperto. La chiamai ed essa venne fino alla porta per dirmi a bassa voce due volte: «No! No!». Dovetti retrocedere ed i cani ringhiarono perché, non aspettando di vedermi tanto presto, credettero non fossi io. Mi coricai, ma non seppi dormire e alla mattina mi domandai: "Perché non la truffai ancora? Perché non le promisi di sposarla purché mi aprisse quella porta?". Così m'avviai alla decisione nuova senza saperlo.

Alla mattina Giovanni mi raccontò di essere già d'accordo con Anna. Adesso bisognava affrettarsi di togliere Anna dal lavori di casa e di porla al lavoro sui campi, alla destra del fiume, per metterla a lavorare accanto a Luigi. Fra contadini si fa presto. L'erba è soffice e si arriva ancora in tempo per dare un nuovo padre al nascituro. Al sole io non ricordavo più le angoscie della notte e fui anche d'accordo. Era facile di ottenere un ordine simile dalla Berta, anche perché durante la vendemmia c'era bisogno del lavoro femminile ai campi. Ma per fortuna, non ricordo per quale ragione, la Berta domandò di poter tenere la cugina in casa per soli due giorni ancora. Io invece non ebbi bisogno che di una notte sola per sapere quale fosse il mio dovere. Mi coricai zufolando e pensando: "M'attenderai invano questa notte e quando sarai dell'altro io non ci penserò più e andrò la mia via alla ricchezza e all'indipendenza".

Fu invece una notte terribile. Egli rivide nell'oscurità Anna come l'aveva vista durante la giornata, più dimessa che mai, priva anche di quegli straccetti ch'egli su di lei tanto ammirava. E nell'oscurità egli intese quella povera animuccia tutta come mai prima. Con lui l'intese e forse più profondamente l'Aghios, che stava a sentire e temeva di aver gli occhi offuscati da lacrime. Essa non era altro che madre, madre del suo bambino e non aveva altro pensiero a questo mondo. Stava per abbandonarsi a Luigi sperando di preparare un posto qualunque a quel bambino a questo mondo. Non era lei che a quell'abbraccio s'abbandonava, era lui che a quell'abbraccio la spingeva. Poi essa avrebbe partorito, sarebbe ridivenuta bella e amante. E il Bacis subito comprese che, nella sua posizione di padrone, gli sarebbe stato facile di riaverla. Ma non gli importava, non era quello che gl'importava. Digrignava i denti all'idea che quel bifolco di Luigi avrebbe potuto prendergliela. E non per gelosia (egli assicurava al signor Aghios), ma perché non ammetteva che un bifolco tale potesse divenire l'arbitro della vita di Anna. Che cosa sarebbe divenuta la dolce Anna nelle mani di un simile individuo? E egli, ora, voleva lui prenderla fra le braccia e portarla dolcemente traverso la vita. Egli non più la desiderava. Egli oramai l'amava.

– Quando il desiderio s'accumula perde il suo aspetto e diventa amore. Tante cose a questo mondo accumulandosi mutano d'aspetto – disse sentenziosamente il signor Aghios. Non trovò subito il paragone e non fu contento di quello che trovò. – Guardi, la lietezza che produce il vino diventa ubbriacatura –. Poi, riflessivo: – È vero che pare che il desiderio sia più furioso dell'amore che viene dalla sua accumulazione.

– Io non so – disse il Bacis stringendosi nelle spalle. – Per il momento e finché non potei parlare con Anna, io fui più furioso in amore che nel desiderio. Adesso non so nemmeno io come io mi sia.

Saltai dal letto perché in quello stato di abbiezione non potevo vivere per un solo istante. Dovevo nettarmi verso Anna. Mi vestii e saltai dalla finestra. I cani ringhiarono perché non erano usi a vedermi uscire tanto tardi. Ma a me non importava d'essere scoperto e camminai per la campagna col mio solito passo pesante. Arrivato dinanzi alla porta di Anna bussai. Essa dall'altra parte sussurrò: «Perché vieni? Sai bene che non posso». Cercai di spiegarle il motivo della mia visita. Volevo solo parlarle. Ma essa non mi credette e sussurrò che parlare si poteva anche di giorno. Aperse quando ad alta voce dichiarai che se tuttavia avesse rifiutato di aprire, io avrei abbattuta la porta con un colpo di spalla. Allora aperse, ma per lungo tempo il nostro colloquio rimase violento, più simile ad una lotta che ad un abbraccio. Io profondevo su lei tutte le parole più dolci che mi si erano accumulate nell'anima, ma essa non mi credeva, perché pare che – senza neppur accorgermene – io ne avessi usate di simili anche nel desiderio, usando di tutti i mezzi per sottometterla più presto. Poi seppi anche di un'altra causa che le impediva di credermi. Giovanni aveva parlato con lei e l'aveva convinta che non era pensabile che un padrone come me rinunziasse ad ogni sua fortuna per una servetta come era lei. Mi credette solo quando vide che m'accingevo ad andarmene senza domandarle niente. Ero dunque venuto solo per convincerla dell'amore mio. Credette perciò nel mio amore quando s'accorse che da me non c'era desiderio. Strano, nevvero? – E il Bacis bevette e tacque. L'Aghios, ostinato nel vino, avrebbe voluto sostenere il suo punto e asserire che l'Anna s'era accorta d'essere amata solo quando aveva sentito che il desiderio da lui s'era tanto accumulato ch'egli non poteva più sperare di saziarlo in un abbraccio. Ma non trovò le parole. Il Bacis aveva anche lui bevuto molto. Le sue guance erano accese e i suoi bei capelli biondi, lisci, avevano invaso la fronte a furia d'essere scossi dalla testa che accompagnava coi movimenti la parola come se avesse voluto costringerla in un ritmo. Gli fece compassione e non aperse bocca finché il Bacis non gli disse con voce che si sforzava di rendere pacata: – Mi pare che ora potremmo uscire e metterci sul nostro treno.

– Non c'è furia – disse l'Aghios dopo di aver guardato l'orologio. Attese ancora per un istante, ma poi ansioso domandò: – Ma poi? Come finì?.

– Ancora non finì – disse il Bacis. – Se nella notte io avessi incontrato la Berta o suo padre, per aumentare la tranquillità che già avevo conquistata con le mie dichiarazioni ad Anna, avrei subito dichiarato loro la mia risoluzione di sposare questa e non altri. Non mi bastava mai la tranquillità che adoravo. Ma non li incontrai. Li rividi alla luce del sole e fui prudente. Forse tale differenza di contegno si può spiegare col fatto che da tanto tempo io dedicavo la notte all'amore per ritornare ai miei interessi di giorno. Io non dissi loro altro che desideravo di fare una corsa a Udine per salutare mia madre e subito partii, per Milano.

– Perché a Milano? – domandò l'Aghios trasognato.

– Per riavere quelle quindicimila lire che m'erano state prestate dal padre della Berta in acconto della dote – disse il Bacis stupito che l'altro non ricordasse. – Come potevo io ora non sposare la Berta se prima non saldavo quel debito?

L'Aghios pronto causa il vino a tradire ogni movimento del suo animo, si mise a ridere di cuore. Ricordava che nel pomeriggio s'erano trovati in tre in una vettura e tutt'e tre avevano avuto delle somme di denaro in tasca: L'ispettore centocinquantamila (forse meno, perché era un uomo disposto alla vanteria), lui non cinquanta, ma trentamila e i Bacis quindicimila (a meno che non fossero solo diecimila). – In banconote? – domandò quando il riso gli permise di parlare.

– Io non ebbi quel denaro – disse il Bacis con tristezza, – e Dio sa quando l'avrò. Mio fratello Ugo che me le deve non può restituirmele e s'accinge invece a sposarsi. Anche lui ebbe nel frattempo un'avventura molto simile alla mia.

– Con due donne? – domandò l'Aghios, che oramai di ogni avventura vedeva in piena luce solo i dettagli meno importanti. E subito pensò: "Dev'essere una malattia di famiglia".

I suoi ricordi, come la sua percezione, rimasero chiari e non dimenticò che il Bacis rispose che si trattava di una sola donna bastevole ad impedire al fratello di pagare il suo debito. "Già" pensò l'Aghios che non dimenticava neppure la propria esperienza "Una sola donna basta per impedire tante cose."

Poi l'Aghios finì col pagare il conto. Con la mancia cinquanta lire per un po' di carne fredda e due pezzi di pane. Salirono nell'ultima vettura di un lunghissimo treno, la sola vettura adibita al servizio di persone. L'Aghios si sentiva tanto sicuro nelle gambe da ridiscendere dall'altissimo vagone per andare a prendere a nolo un cuscino. Lo pagò ed era già in procinto di allontanarsi quando gli venne la buona idea di prendere uno di quei cuscini anche per il suo compagno dì viaggio.

Glorioso risalì; scelse fra due compartimenti quello che meglio gli piacque e offerse l'ultimo suo dono al Bacis. Costui non avrebbe dimenticato mai più quella gondola, quella cena e quel cuscino, tutti doni di una persona ch'egli vedeva per la prima volta. Ma neppure lui avrebbe mai più dimenticato il Bacis, la Berta grassa e l'Anna sottile. Ma neppure Giovanni, quella pianta uomo che cresce dappertutto con un bell'istinto di servitore utile. Anzi, il signor Aghios si coricò pensando solo a Giovanni e a tutti i Giovanni ch'egli in sua vita aveva conosciuti. Avevano rinunziato a tutte le altre fortune che ci potevano essere a questo mondo e s'associavano indissolubilmente partecipandovi nel modo più modesto. Per essi non esistevano speranze in evoluzioni pazzesche che li avrebbero resi padroni e non esempi di fortune fatte per iniziative coraggiose indipendenti. Essi restavano attaccati al padrone come la pianta arrampicante all'albero. Nella sua mente fosca, prossima a chiudersi nel sonno, il signor Aghios pensò che Darwin non aveva inteso tutto. Non un animale aveva prodotto l'umanità, ma da ogni singolo animale era discesa una data specie di uomo. Tutti i Giovanni di questo mondo erano risultati per lenta evoluzione da quegli uccelli che sulle rive del Nilo nettavano i denti ai coccodrilli. Forse i coccodrilli soffrivano di carie e il pasto di quegli uccelli era, in proporzione di quello del coccodrillo, più abbondante di quello che i padroni lasciavano ai Giovanni.

Stava per prendere sonno quando un pensiero addirittura imperioso di benevolenza gli fece riaprire gli occhi. Guardò il suo compagno di viaggio. Alla fioca luce che c'era nella vettura lo vide giacere sull'altro banco, parallelo al suo, i biondi capelli lucenti giacere come lui, abbandonato sul cuscino. Con la differenza però che si teneva gli occhi coperti con una mano. Forse sotto a quella mano piangeva. Ed il signor Aghios pensò: "Guarda questi due uomini. Io ho in tasca il doppio (e forse il triplo) di quello che occorre per salvare da tanta angoscia quest'uomo. Non posso però darglieli, perché altrimenti, almeno per altri tre mesi, dovrei continuare a pagare degl'interessi esosi. Insomma io non voglio pagare degl'interessi e voglio invece ch'egli soffra sposando Berta e faccia soffrire questa e specialmente quella povera Anna, che sta per cadere in mano di quella bestia di Luigi, ch'è appoggiato da quel mostro in natura ch'è Giovanni, l'ideale dei servitori".

– Senta, Bacis! – chiamò e l'altro lasciò cadere la mano dagli occhi e lo guardò. – Io, certo, non c'entro coi suoi affari, visto che non ho i mezzi per aiutarla. Ma per il momento non c'è che una premura: Impedire che Anna faccia un passo precipitoso. Non c'è urgenza. Il bamboccio è ancora lontano. Perché non si confida con suo zio? Quando non si può pagare, non si può pagare e non si paga. È ridicolo credere di essersi venduto per aver preso a prestito dieci o (sia pure) quindicimila lire. Si resta debitori e amici come prima. L'altro conteggia gl'interessi e può farlo. Poi nella vita, prima o poi, capita il colpo di fortuna. Si paga e si è più liberi di prima, quando pure si era liberi per propria risoluzione. Il colpo di fortuna può capitare a lei o può capitare a me. Sarebbe una gran bella cosa per lei che capitasse a me. Le giuro che verrei subito a Torlano a liberarla del suo impegno. Io avrei ora trentamila lire in contanti, a Trieste, naturalmente (e si toccò la tasca di petto), ma non posso dargliene neppure una parte perché mi occorrono tutte subito domani. Anzi, è per consegnare dinanzi ad un notaio quei denari ch'io ora faccio questo viaggio, che sarebbe stato ben noioso se io non avessi incontrato lei. – L'altro ringraziò a mezza voce e ricoprì gli occhi con la mano quasi a difenderli dalla luce. Il signor Aghios si sentì profondamente amareggiato. Era certo ch'egli non poteva dare quello che gli veniva chiesto, ma era ben doloroso che il suo viaggio, intrapreso per cospargere la Lombardia, il Veneto e il Friuli della sua benevolenza finiva (la notte era il riposo e non contava per il viaggio) con un atto d'egoismo come in qualche breve favola di religiosi. Lui era l'uomo ricco, l'altro il povero, lui la bestia, l'altro (visto ch'era il povero) l'intelligente, quello che vedeva il mondo com'è nella vera luce, dove c'erano da difendere tutt'altri beni che la vile moneta.

Eppoi un'altra cosa l'amareggiava. Se egli avesse presa con sé la moglie, forse tutto avrebbe potuto accomodarsi. Lui era l'avaro che non dava che le mance piccole, ma la moglie dava proprio quello che occorreva... se consentiva. Raccontandole tutta la storia come stava, essa. forse, si sarebbe commossa. Si avrebbe potuto offrire al poverino diecimila lire (quindicimila in nessun caso).

Scoppiò. Si rizzò, trasse di tasca il proprio biglietto da visita e lo porse al Bacis. – Se non trova di meglio venga da me a Trieste o mi scriva. Non perda ogni speranza ed intanto impedisca alla povera Anna di commettere delle bestialità.

Anche l'altro si rizzò. Ma fu come un atto di cortesia senza convinzione. Mormorò: – Grazie. Verrò a Trieste –. Si ricoricò e riportò la mano agli occhi non appena il signor Aghios accennò a sdraiarsi di nuovo.

VI. Venezia–Pianeta Marte

Il signor Aghios era oramai più tranquillo. Solo gli bruciava lo stomaco per il tanto vino bevuto. La sua coscienza era oramai tranquilla come se egli già avesse dato il denaro. In sostanza egli l'aveva dato, perché avrebbe patrocinato con la moglie la parte del Bacis. Ora toccava alla moglie di comportarsi bene anche lei.

Non subito prese sonno.

Ma non subito si addormentò. È una cosa impossibile per un essere previdente di addormentarsi in un treno che s'accinge a correre. Per essere più sicuro il signor Aghios s'aggrappò al suo giaciglio, ma ciò implicò uno sforzo e non è una cosa facile di addormentarsi nell'atto di fare uno sforzo. Poi finalmente il treno si mosse. Assunse un passo piuttosto lento e pesante. Il rumore maggiore fu dato dapprima dalla propagazione del moto dalla cima alla coda del grande convoglio, perché fra i singoli vagoni fu uno sbattersi inquietante, tanto che il signor Aghios si rizzò per star a sentire. Per quietarlo il Bacis, senza levare la mano dal volto, mormorò: – Ciò avviene perché questo treno manca del freno Westinghouse.

Non occorreva la parola rassicuratrice, perché oramai il treno s'era avviato ed aveva assunto un passo tranquillo. Molto tranquillo. Il signor Aghios poté abbandonare ogni sforzo e abbandonarsi sul suo giaciglio. In un treno che procedeva con quel passo si avrebbe certamente dormito tranquilli. La musica che proveniva da quel movimento era fortemente ritmica e non violenta come da un treno celere: Una vera ninna–nanna. E lungamente il signor Aghios seguì quel suono o meglio da quel suono fu inseguito nella pace che precede il sonno. Esistono dei sonni di tutte le gradazioni e il suo grado più basso è quando i sensi non si sono ancora staccati dalla realtà. Il signor Aghios traverso le ciglia sentiva l'esistenza di quella fioca luce nella vettura e anche quel corpo del Bacis dagli occhi coperti dalla mano, giacente a meno di un metro di distanza dal proprio. E il sonno da lui cominciò quando quella musica là fuori cominciò a significare qualche cosa. Diceva: – Tutto va bene, tutto va bene –. E il signor Aghios non si sentiva d'intervenire per far terminare la monotona ripetizione. Era tanto bello di addormentarsi al suono di una missiva tanto bella e tanto vera. Tutto andava bene infatti. Il Bacis gli voleva bene, avendo subito voluto rassicurarlo su quei suoni scomposti provenuti dal primo sobbalzo del treno. Tutto andava bene e si poteva finire.

Ma ancora una volta il suo sonno fu interrotto. L'arrivo a Mestre somigliò alla fine del mondo. Pareva come se una macchina potente si fosse messa a movere della ferramenta accatastata. L'Aghios spaventato si rizzò. Arrivò a vedere il Bacis tranquillo e immoto, la mano sempre sulla faccia, eppoi, tranquillizzato, lasciò ricadere la testa pesante sul guanciale mormorando: – Ricordo manca il freno Westinghouse.

Quando sognò il signor Aghios? Certo non subito dopo abbandonato Mestre. Presso Gorizia, quando alle quattro della mattina, il signor Aghios si destò, la distanza è lunga e il sogno sarebbe stato dimenticato come ogni altro sogno che certamente allieta anche il sonno più profondo. È piuttosto da supporsi che il sogno si sia prodotto in qualche stazione poco prima di Gorizia, quando il sonno fu meno profondo e qualche cellula desta poté sorvegliare e ritenere, il sogno.

Chissà poi se il sogno fu proprio quello che il signor Aghios ricordò. Quando ci si desta da un sogno, subito interviene la mente analizzatrice per connetterlo e completarlo. È come se volesse fare una lettera da un dispaccio. Il sogno è come una sequela di lampi e per farne un'avventura bisogna che il lampo divenga luce permanente e sia ricostituito anche quando non si vide, perché non illuminato. Insomma il ricordo del sogno non è mai il sogno stesso. È come una polvere che si scioglie.

Insomma il signor Aghios era avviato verso il pianeta Marte, sdraiato su un carrello che si moveva traverso lo spazio come sulle rotaie. Egli vi era sdraiato bocconi e invece di pavimento il carrello aveva delle assi su cui, dolorante, poggiava il suo corpo. Una delle assi passava sul suo petto e rendeva più pesante la tasca che vi era. Sotto a lui c'era lo spazio infinito e al di sopra anche. La terra non si vedeva più e Marte non ancora, né si vide mai.

Il signor Aghios si sentiva molto libero, molto più che in piazza S. Marco e anche troppo. Si guardava d'intorno e non vedeva altro che spazio luminoso. Dove esercitare la sua libertà se non v'era nulla che fosse schiavo? E a chi dire la propria libertà? Per sentirla bisognava pur poter vantarsene. Anche nel sogno il signor Aghios era riflessivo. Pensò: "Io non sono solo, perché c'è la mia libertà con me. La mia sola noia è quella tasca di petto che duole".

Ma più che si procedeva nello spazio, più solo il signor Aghios si sentiva. Giacché andava al pianeta Marte egli pensò, per il sentimento d'onnipotenza che il sognatore sente, ch'egli avrebbe potuto foggiare quel pianeta a sua volontà. Previde quel pianeta. Ebbene, egli lo avrebbe popolato di gente che avrebbe intesa la sua lingua, mentre egli non avrebbe intesa la loro. Così egli avrebbe comunicata loro la propria libertà e indipendenza, mentre loro non avrebbero potuto incatenarlo con le proprie storie, che certo non mancavano loro.

Una voce proveniente dalla stazione di partenza già tanto lontana domandò: – Mi vuoi con te? –. Doveva essere la moglie. Ma il signor Aghios voleva la libertà; finse di non aver sentito e anzi aderì ancora meglio al suo carrello per celarsi. Così proseguì a grande velocità, che non si percepiva causa la mancanza di cose e di aria e, correndo, pensò: "Voglio che mio figlio non rimanga solo".

Poi la voce fioca, lontana di Bacis gli domandò: – Mi vuole con lei? –.

Aghios pensò che l'intervento di Bacis l'avrebbe privato di ogni libertà. Appassionato com'era, con lui non si poteva parlare d'altro che dei fatti suoi. Gli aveva già pagato la gita in gondola ed era ridicolo volesse ora fare un simile viaggio a spese sue. Andare al pianeta Marte per parlare di Torlano? Non ne valeva la pena. Il signor Aghios si strinse meglio al carrello per continuare a celarsi.

Una voce dolce, musicale, ma vicinissima domandò: – Io sono pronta alla partenza, se mi vuoi –.

In sogno una parola e il suo suono dipinge intera la persona che la emette. Era Anna, la fanciulla bionda, alta, dalle linee dolci, salvo le mani abituate al grande lavoro. Quell'Anna che s'era lasciata ingannare dalla sincerità della carne.

Il cuore paterno dell'Aghios si commosse fino alle sue più intime fibre. Egli la voleva con sé per allontanarla da Berta e da Giovanni che la umiliavano e anche dal Bacis del quale non c'era da fidarsi, il traditore che l'aveva ingannata con la sincerità della carne.

E subito essa fu con lui sul carrello, sotto a lui, coperta da quegli stracci che l'adornavano, ma che ricavavano ogni loro bellezza dal suo corpo morbido, giovanile, non ancora sformato dall'incipiente maternità. I capelli biondi svolazzavano nell'aria, che per essi c'era, sotto a loro. Ora non avrebbe più dovuto esserci del dolore alla tasca del petto. Ma un greve peso v'era tuttavia. Anna probabilmente vi si era afferrata per sentirsi sicura.

E si procedette così, senza parole, mentre il signor Aghios pensò: "È la mia figliuola. Le insegnerò a non fidarsi più di alcuna sincerità".

Ora il motore del carrello doveva fare un chiasso indiavolato. Tutto lo spazio ne era pieno. E l'Aghios si domandò: – Ma perché la mia figliuola ha da giacere così sotto a me? È il sesso? Io non la voglio –. E urlò: – Io sono il padre, il buon padre virtuoso –.

Subito Anna fu seduta lontano da lui, ad un angolo del carrello, in grande pericolo di scivolarne nell'orrendo spazio e l'Aghios gridò: – Ritorna, ritorna, si vede che su quest'ordigno non si può stare altrimenti –. E Anna obbediente ritornò a lui come prima, meglio di prima. E lo spazio era infinito e perciò quella posizione doveva durare eterna.

Uno schianto! Si era arrivati al pianeta?

Infatti il treno, fermandosi, sembrava volesse distruggere se stesso. Il signor Aghios saltò in piedi. Soffocava, ma arrivava a ravvisarsi. Fra quel carrello e questo treno c'era una confusione da cui era impossibile estricarsi. E la stessa confusione c'era fra la gioia che aveva provato poco prima e la vergogna che ora lo pervadeva. Ma la bontà del signor Aghios era infinita anche verso se stesso. Pensò: "Io non ci ho colpa". E subito sorrise.

Egli aperse una finestra e l'aria si fece respirabile. Vide la campagna vuota: Una luce immota brillava dalla casa di un contadino. Tuttavia abbattuto dal grande sonno, la stanchezza del doppio viaggio, il signor Aghios ebbe ancora il tempo di guardare il giaciglio vuoto del Bacis, eppoi anche il posto ove era giaciuta la sua valigetta. Il Bacis se ne era andato discretamente, senza destarlo. Dovevano aver già passato Gorizia.

Senza convinzione, con la testa sul cuscino, l'Aghios pensò: "Peccato! Se ci fosse stato gli avrei dato subito le diecimila lire (non quindici)". Sorrise! Era bello di non poter pagare. Rimorsi non ebbe. La sua avventura, la più forte che avesse avuta durante la vita, non usciva dalla vita del suo pensiero solitario e perciò non aveva importanza. Tuttavia se il Bacis fosse venuto da lui a Trieste, egli, d'accordo con la moglie, avrebbe tentato di aiutarlo in piena virtù.

E s'addormentò profondamente dopo di aver tratto sotto la propria testa anche il cuscino del Bacis. Si sentiva perfettamente bene. Il vino era stato smaltito nella corsa traverso gli spazi siderei e non lo turbava più.

VII. Gorizia–Trieste

Si destò che albeggiava, squassato da un'altra fermata del treno. Saltò in piedi. Era una stazione abbastanza considerevole. Gorizia!

Ma dove era dunque disceso il Bacis? E l'Aghios fece con facilità la sua teoria su quell'abbandono. Certo il Bacis aveva rinunziato alla speranza di trovare quel denaro da quel suo parente a Gorizia e doveva essere disceso a Udine. Chissà quello che avrebbe fatto! Forse avrebbe finito col decidersi di sposare Berta per poter, da padrone, proteggere meglio Anna. Vedeva oramai quella storia tanto da lontano che ogni accomodamento gli pareva possibile. In fondo Anna era l'oggetto dell'amore e tale doveva rimanere. Cara! Cara! Quegli straccini, che la vestivano tanto bene, non doveva abbandonarli.

Verso le sette, quando il treno, con quel suo passo stanco di nottambulo che rincasa, cominciò ad arrampicarsi sul Carso, in un istante di noia, non sapendo che farsi nella sua solitudine, il signor Aghios trasse di tasca il portafogli e palpò le banconote. Sorrise ai propri sensi ingenui che sentivano un dimagrimento del pacchetto. Cosa vuol dire curarsi troppo di una cosa! Per rassicurarsi si chiuse nella vettura, calò le tendine e si mise a contare accuratamente le banconote. Non ve ne erano che quindici! Il Bacis ne aveva trafugate proprio quindici. Oh! Quale canaglia!

Il primo movimento dell'Aghios fu di correre al campanello di allarme. Vi pose persino la mano, ma dopo, da persona timida, esitò davanti a quella minaccia di persecuzione penale. E così ebbe il tempo di ragionare. Che scopo c'era di arrestare quel treno lento, che si batteva al di sopra Barcola, sobborgo di Trieste, per raggiungere il ladro ch'era disceso in una stazione non precisabile prima di Gorizia e da lì s'era avviato col suo bottino verso Torlano ove non c'era ferrovia? Nessunissimo, perché il conduttore del treno non avrebbe mai acconsentito di cambiar rotta e portare lui e tutti i vagoni sgangherati verso la Carnia.

Il signor Aghios si morse le dita. Era tutto ira e vergogna. Vergogna di essersi lasciato turlupinare a quel modo. Addio sentimento della libertà del viaggio, addio benevolenza. Somigliava ad una di quelle figure sintetizzate tanto bene nelle nubi nere e minacciose, ma egli non ricordava né le nubi, né i cani e neppure le belle donne, i suoi aggradevoli monti compagni di viaggio.

Alla stazione di Trieste